COLLECTION FOLIO

Au bonheur de lire

Les plaisirs de la lecture

PAR DANIEL PENNAC, MARCEL PROUST,
NATHALIE SARRAUTE...

Gallimard

*J'ai commencé ma vie
comme je la finirai sans doute :
au milieu des livres.*

JEAN-PAUL SARTRE

GUSTAVE FLAUBERT

Madame Bovary[*]

Elle avait lu *Paul et Virginie* et elle avait rêvé la
maisonnette de bambous, le nègre Domingo, le
chien Fidèle, mais surtout l'amitié douce de quelque bon petit frère, qui va chercher pour vous des
fruits rouges dans des grands arbres plus hauts
que des clochers, ou qui court pieds nus sur le
sable, vous apportant un nid d'oiseau.

Lorsqu'elle eut treize ans, son père l'amena lui-
même à la ville, pour la mettre au couvent. Ils
descendirent dans une auberge du quartier Saint-
Gervais, où ils eurent à leur souper des assiettes
peintes qui représentaient l'histoire de mademoi-
selle de La Vallière. Les explications légendaires,
coupées çà et là par l'égratignure des couteaux,
glorifiaient toutes la religion, les délicatesses du
cœur et les pompes de la Cour.

Loin de s'ennuyer au couvent les premiers
temps, elle se plut dans la société des bonnes
sœurs, qui, pour l'amuser, la conduisaient dans
la chapelle, où l'on pénétrait du réfectoire par un

* Extrait de *Madame Bovary* (Folio n° 3512).

long corridor. Elle jouait fort peu durant les ré-
créations, comprenait bien le catéchisme, et c'est
elle qui répondait toujours à M. le vicaire dans
les questions difficiles. Vivant donc sans jamais
sortir de la tiède atmosphère des classes et parmi
ces femmes au teint blanc portant des chapelets
à croix de cuivre, elle s'assoupit doucement à la
langueur mystique qui s'exhale des parfums de
l'autel, de la fraîcheur des bénitiers et du rayon-
nement des cierges. Au lieu de suivre la messe,
elle regardait dans son livre les vignettes pieuses
bordées d'azur, et elle aimait la brebis malade, le
Sacré-Cœur percé de flèches aiguës, ou le pauvre
Jésus, qui tombe en marchant sous sa croix. Elle
essaya, par mortification, de rester tout un jour
sans manger. Elle cherchait dans sa tête quelque
vœu à accomplir.

Quand elle allait à confesse, elle inventait de
petits péchés afin de rester là plus longtemps, à
genoux dans l'ombre, les mains jointes, le visage
à la grille sous le chuchotement du prêtre. Les
comparaisons de fiancé, d'époux, d'amant céleste
et de mariage éternel qui reviennent dans les ser-
mons lui soulevaient au fond de l'âme des dou-
ceurs inattendues.

Le soir, avant la prière, on faisait dans l'étude
une lecture religieuse. C'était, pendant la semaine,
quelque résumé d'Histoire sainte ou les *Confé-
rences* de l'abbé Frayssinous, et, le dimanche, des
passages du *Génie du christianisme*, par récréation. Comme elle écouta, les premières fois, la
lamentation sonore des mélancolies romantiques
se répétant à tous les échos de la terre et de

l'éternité ! Si son enfance se fût écoulée dans
l'arrière-boutique d'un quartier marchand, elle se
serait peut-être ouverte alors aux envahissements
lyriques de la nature, qui, d'ordinaire, ne nous
arrivent que par la traduction des écrivains. Mais
elle connaissait trop la campagne ; elle savait le
bêlement des troupeaux, les laitages, les charrues.
Habituée aux aspects calmes, elle se tournait, au
contraire, vers les accidentés. Elle n'aimait la mer
qu'à cause de ses tempêtes, et la verdure seulement lorsqu'elle était clairsemée parmi les ruines.
Il fallait qu'elle pût retirer des choses une sorte
de profit personnel ; et elle rejetait comme inutile
tout ce qui ne contribuait pas à la consommation
immédiate de son cœur, — étant de tempérament
plus sentimentale qu'artiste, cherchant des émotions et non des paysages.

Il y avait au couvent une vieille fille qui venait
tous les mois, pendant huit jours, travailler à la
lingerie. Protégée par l'archevêché comme appar-
tenant à une ancienne famille de gentilshommes
ruinés sous la Révolution, elle mangeait au réfectoire à la table des bonnes sœurs, et faisait avec
elles, après le repas, un petit bout de causette
avant de remonter à son ouvrage. Souvent les
pensionnaires s'échappaient de l'étude pour l'aller voir. Elle savait par cœur des chansons galan-
tes du siècle passé, qu'elle chantait à demi-voix,
tout en poussant son aiguille. Elle contait des histoires, vous apprenait des nouvelles, faisait en
ville vos commissions, et prêtait aux grandes, en
cachette, quelque roman qu'elle avait toujours
dans les poches de son tablier, et dont la bonne

demoiselle elle-même avalait de longs chapitres, dans les intervalles de sa besogne. Ce n'étaient qu'amours, amants, amantes, dames persécutées s'évanouissant dans des pavillons solitaires, postillons qu'on tue à tous les relais, chevaux qu'on crève à toutes les pages, forêts sombres, troubles du cœur, serments, sanglots, larmes et baisers, nacelles au clair de lune, rossignols dans les bosquets, *messieurs* braves comme des lions, doux comme des agneaux, vertueux comme on ne l'est pas, toujours bien mis, et qui pleurent comme des urnes. Pendant six mois, à quinze ans, Emma se graissa donc les mains à cette poussière des vieux cabinets de lecture. Avec Walter Scott, plus tard, elle s'éprit de choses historiques, rêva bahuts, salle des gardes et ménestrels. Elle aurait voulu vivre dans quelque vieux manoir, comme ces châtelaines au long corsage, qui, sous le trèfle des ogives, passaient leurs jours, le coude sur la pierre et le menton dans la main, à regarder venir du fond de la campagne un cavalier à plume blanche qui galope sur un cheval noir. Elle eut dans ce temps-là le culte de Marie Stuart, et des vénérations enthousiastes à l'endroit des femmes illustres ou infortunées. Jeanne d'Arc, Héloïse, Agnès Sorel, la belle Ferronnière et Clémence Isaure, pour elle, se détachaient comme des comètes sur l'immensité ténébreuse de l'histoire, où saillissaient encore çà et là, mais plus perdus dans l'ombre et sans aucun rapport entre eux, saint Louis avec son chêne, Bayard mourant, quelques férocités de Louis XI, un peu de Saint-Barthélemy, le panache du Béarnais, et toujours le souvenir des assiettes peintes où Louis XIV était vanté.

MARCEL PROUST

Journées de lecture *[1]

Il n'y a peut-être pas de jours de notre enfance
que nous ayons si pleinement vécus que ceux que
nous avons cru laisser sans les vivre, ceux que
nous avons passés avec un livre préféré. Tout ce
qui, semblait-il, les remplissait pour les autres, et
que nous écartions comme un obstacle vulgaire à
un plaisir divin : le jeu pour lequel un ami venait
nous chercher au passage le plus intéressant,
l'abeille ou le rayon de soleil gênants qui nous
forçaient à lever les yeux de la page ou à changer
de place, les provisions de goûter qu'on nous avait
fait emporter et que nous laissions à côté de nous
sur le banc, sans y toucher, tandis que, au-dessus
de notre tête, le soleil diminuait de force dans le
ciel bleu, le dîner pour lequel il avait fallu rentrer
et pendant lequel nous ne pensions qu'à monter

* Extrait de *Pastiches et mélanges* (L'Imaginaire n° 285).
1. On trouvera ici la plupart des pages écrites pour une
traduction de *Sésame et les Lys* et réimprimées grâce à la généreuse autorisation de M. Alfred Vallette. Elles étaient dédiées à
la princesse Alexandre de Caraman-Chimay en témoignage
d'un admiratif attachement que vingt années n'ont pas affaibli.

finir, tout de suite après, le chapitre interrompu, tout cela, dont la lecture aurait dû nous empêcher de percevoir autre chose que l'importunité, elle en gravait au contraire en nous un souvenir tellement doux (tellement plus précieux à notre jugement actuel que ce que nous lisions alors avec amour) que, s'il nous arrive encore aujourd'hui de feuilleter ces livres d'autrefois, ce n'est plus que comme les seuls calendriers que nous ayons gardés des jours enfuis, et avec l'espoir de voir reflétés sur leurs pages les demeures et les étangs qui n'existent plus.

Qui ne se souvient comme moi de ces lectures faites au temps des vacances, qu'on allait cacher successivement dans toutes celles des heures du jour qui étaient assez paisibles et assez inviolables pour pouvoir leur donner asile. Le matin, en rentrant du parc, quand tout le monde était parti faire une promenade, je me glissais dans la salle à manger, où, jusqu'à l'heure encore lointaine du déjeuner, personne n'entrerait que la vieille Félicie relativement silencieuse, et où je n'aurais pour compagnons, très respectueux de la lecture, que les assiettes peintes accrochées au mur, le calendrier dont la feuille de la veille avait été fraîchement arrachée, la pendule et le feu qui parlent sans demander qu'on leur réponde et dont les doux propos vides de sens ne viennent pas, comme les paroles des hommes, en substituer un différent à celui des mots que vous lisez. Je m'installais sur une chaise, près du petit feu de bois dont, pendant le déjeuner, l'oncle matinal et jardinier dirait : « Il ne fait pas de mal ! On supporte très bien un peu de feu ; je vous assure qu'à six heures il faisait joliment froid dans le potager. Et dire que c'est dans huit jours Pâques ! » Avant le déjeuner qui, hélas ! mettrait fin à la lecture, on avait encore deux grandes heures. De temps en temps, on entendait le bruit de la pompe d'où l'eau allait découler et qui vous faisait lever les yeux vers elle et la regarder à travers la fenêtre fermée, là, tout près, dans l'unique allée du jardinet qui bordait de briques et de faïences en demi-lunes ses plates-bandes de pensées : des pensées cueillies, semblait-il, dans ces ciels trop beaux, ces ciels versicolores et comme reflétés des vitraux de l'église qu'on voyait parfois entre les toits du village, ciels tristes qui apparaissaient avant les orages, ou après, trop tard, quand la journée allait finir. Malheureusement la cuisinière venait longtemps d'avance mettre le couvert ; si encore elle l'avait mis sans parler ! Mais elle croyait devoir dire : « Vous n'êtes pas bien comme cela ; si je vous approchais une table ? » Et rien que pour répondre : « Non, merci bien », il fallait arrêter net et ramener de loin sa voix qui, en dedans des lèvres, répétait sans bruit, en courant, tous les mots que les yeux avaient lus ; il fallait l'arrêter, la faire sortir, et, pour dire convenablement : « Non, merci bien », lui donner une apparence de vie ordinaire, une intonation de réponse, qu'elle avait perdues. L'heure passait ; souvent, longtemps avant le déjeuner, commençaient à arriver dans la salle à manger ceux qui, étant fatigués, avaient abrégé la promenade, avaient « pris par Méréglise », ou ceux qui

n'étaient pas sortis ce matin-là, ayant « à écrire ».
Ils disaient bien : « Je ne veux pas te déranger »,
mais commençaient aussitôt à s'approcher du feu,
à consulter l'heure, à déclarer que le déjeuner ne
serait pas mal accueilli. On entourait d'une particulière déférence celui ou celle qui était « restée
à écrire » et on lui disait : « Vous avez fait votre
petite correspondance » avec un sourire où il y
avait du respect, du mystère, de la paillardise et
des ménagements, comme si cette « petite correspondance » avait été à la fois un secret d'État,
une prérogative, une bonne fortune et une indis-
position. Quelques-uns, sans plus attendre, s'as-
seyaient d'avance à table, à leurs places. Cela,
c'était la désolation, car ce serait d'un mauvais
exemple pour les autres arrivants, allait faire
croire qu'il était déjà midi, et prononcer trop tôt
à mes parents la parole fatale : « Allons, ferme ton
livre, on va déjeuner. » Tout était prêt, le couvert
entièrement mis sur la nappe où manquait seulement ce qu'on n'apportait qu'à la fin du repas,
l'appareil en verre où l'oncle horticulteur et cui-
sinier faisait lui-même le café à table, tubulaire
et compliqué comme un instrument de physique
qui aurait senti bon et où c'était si agréable de
voir monter dans la cloche de verre l'ébullition
soudaine qui laissait ensuite aux parois embuées
une cendre odorante et brune ; et aussi la crème
et les fraises que le même oncle mêlait, dans des
proportions toujours identiques, s'arrêtant juste
au rose qu'il fallait avec l'expérience d'un coloriste
et la divination d'un gourmand. Que le déjeuner
me paraissait long ! Ma grand'tante ne faisait

que goûter aux plats pour donner son avis avec une douceur qui supportait, mais n'admettait pas la contradiction. Pour un roman, pour des vers, choses où elle se connaissait très bien, elle s'en remettait toujours, avec une humilité de femme, à l'avis de plus compétents. Elle pensait que c'était là le domaine flottant du caprice où le goût d'un seul ne peut pas fixer la vérité. Mais sur les choses dont les règles et les principes lui avaient été enseignés par sa mère, sur la manière de faire certains plats, de jouer les sonates de Beethoven et de recevoir avec amabilité, elle était certaine d'avoir une idée juste de la perfection et de discerner si les autres s'en rapprochaient plus ou moins. Pour les trois choses, d'ailleurs, la perfection était presque la même : c'était une sorte de simplicité dans les moyens, de sobriété et de charme. Elle repoussait avec horreur qu'on mît des épices dans les plats qui n'en exigent pas absolument, qu'on jouât avec affectation et abus de pédales, qu'en « recevant » on sortît d'un naturel parfait et parlât de soi avec exagération. Dès la première bouchée, aux premières notes, sur un simple billet, elle avait la prétention de savoir si elle avait affaire à une bonne cuisinière, à un vrai musicien, à une femme bien élevée. « Elle peut avoir beaucoup plus de doigts que moi, mais elle manque de goût en jouant avec tant d'emphase cet andante si simple. » « Ce peut être une femme très brillante et remplie de qualités, mais c'est un manque de tact de parler de soi en cette circonstance. » « Ce peut être une cuisinière très savante, mais elle ne sait pas faire le bifteck aux pommes. » Le bifteck

aux pommes ! morceau de concours idéal, difficile par sa simplicité même, sorte de « Sonate
pathétique » de la cuisine, équivalent gastrono-
mique de ce qu'est dans la vie sociale la visite de
la dame qui vient vous demander des renseignements sur un domestique et qui, dans un acte si
simple, peut à tel point faire preuve, ou manquer
de tact et d'éducation. Mon grand-père avait tant
d'amour-propre, qu'il aurait voulu que tous les
plats fussent réussis et s'y connaissait trop peu en
cuisine pour jamais savoir quand ils étaient manqués. Il voulait bien admettre qu'ils le fussent
parfois, très rarement d'ailleurs, mais seulement
par un pur effet du hasard. Les critiques toujours
motivées de ma grand'tante, impliquant au contraire que la cuisinière n'avait pas su faire tel plat,
ne pouvaient manquer de paraître particulière-
ment intolérables à mon grand-père. Souvent pour
éviter des discussions avec lui, ma grand'tante,
après avoir goûté du bout des lèvres, ne donnait
pas son avis, ce qui, d'ailleurs, nous faisait connaître immédiatement qu'il était défavorable. Elle se
taisait, mais nous lisions dans ses yeux doux une
désapprobation inébranlable et réfléchie qui avait
le don de mettre mon grand-père en fureur. Il la
priait ironiquement de donner son avis, s'impa-
tientait de son silence, la pressait de questions,
s'emportait, mais on sentait qu'on l'aurait con-
duite au martyre plutôt que de lui faire confesser
la croyance de mon grand-père : que l'entremets
n'était pas trop sucré.

Après le déjeuner, ma lecture reprenait tout de
suite ; surtout si la journée était un peu chaude,

chacun montait se retirer dans sa chambre, ce qui me permettait, par le petit escalier aux marches rapprochées, de gagner tout de suite la mienne, à l'unique étage si bas que des fenêtres enjambées on n'aurait eu qu'un saut d'enfant à faire pour se trouver dans la rue. J'allais fermer ma fenêtre, sans avoir pu esquiver le salut de l'armurier d'en face, qui, sous prétexte de baisser ses auvents, venait tous les jours après déjeuner fumer sa pipe devant sa porte et dire bonjour aux passants, qui, parfois, s'arrêtaient à causer. Les théories de William Morris, qui ont été si constamment appliquées par Maple et les décorateurs anglais, édictent qu'une chambre n'est belle qu'à la condition de contenir seulement des choses qui nous soient utiles et que toute chose utile, fût-ce un simple clou, soit non pas dissimulée, mais apparente. Au-dessus du lit à tringles de cuivre et entièrement découvert, aux murs nus de ces chambres hygiéniques, quelques reproductions de chefs-d'œuvre. À la juger d'après les principes de cette esthétique, ma chambre n'était nullement belle, car elle était pleine de choses qui ne pouvaient servir à rien et qui dissimulaient pudiquement, jusqu'à en rendre l'usage extrêmement difficile, celles qui servaient à quelque chose. Mais c'est justement de ces choses qui n'étaient pas là pour ma commodité, mais semblaient y être venues pour leur plaisir, que ma chambre tirait pour moi sa beauté. Ces hautes courtines blanches qui dérobaient aux regards le lit placé comme au fond d'un sanctuaire ; la jonchée de couvre-pieds en marceline, de courtes-pointes à

fleurs, de couvre-lits brodés, de taies d'oreillers
en batiste, sous laquelle il disparaissait le jour,
comme un autel au mois de Marie sous les festons
et les fleurs, et que, le soir, pour pouvoir me coucher, j'allais poser avec précaution sur un fauteuil où ils consentaient à passer la nuit ; à côté
du lit, la trinité du verre à dessins bleus, du sucrier
pareil et de la carafe (toujours vide depuis le lendemain de mon arrivée sur l'ordre de ma tante
qui craignait de me la voir « répandre »), sortes
d'instruments du culte — presque aussi saints que
la précieuse liqueur de fleur d'oranger placée près
d'eux dans une ampoule de verre — que je
n'aurais pas cru plus permis de profaner ni même
possible d'utiliser pour mon usage personnel que
si ç'avaient été des ciboires consacrés, mais que
je considérais longuement avant de me désha-
biller, dans la peur de les renverser par un faux
mouvement ; ces petites étoles ajourées au cro-
chet qui jetaient sur le dos des fauteuils un man-
teau de roses blanches qui ne devaient pas être
sans épines puisque, chaque fois que j'avais fini
de lire et que je voulais me lever, je m'apercevais
que j'y étais resté accroché ; cette cloche de verre,
sous laquelle, isolée des contacts vulgaires, la pendule bavardait dans l'intimité pour des coquillages
venus de loin et pour une vieille fleur sentimentale, mais qui était si lourde à soulever que, quand
la pendule s'arrêtait, personne, excepté l'horloger,
n'aurait été assez imprudent pour entreprendre
de la remonter ; cette blanche nappe en guipure
qui, jetée comme un revêtement d'autel sur la
commode ornée de deux vases, d'une image du

Sauveur et d'un buis bénit, la faisait ressembler
à la Sainte Table (dont un prie-Dieu, rangé là
tous les jours quand on avait « fini la chambre »,
achevait d'évoquer l'idée), mais dont les effilo-
chements toujours engagés dans la fente des tiroirs en arrêtaient si complètement le jeu que je
ne pouvais jamais prendre un mouchoir sans faire
tomber d'un seul coup image du Sauveur, vases
sacrés, buis bénit, et sans trébucher moi-même
en me rattrapant au prie-Dieu ; cette triple super-
position enfin de petits rideaux d'étamine, de
grands rideaux de mousseline et de plus grands
rideaux de basin, toujours souriants dans leur
blancheur d'aubépine souvent ensoleillée, mais
au fond bien agaçants dans leur maladresse et
leur entêtement à jouer autour de leurs barres de
bois parallèles et à se prendre les uns dans les
autres et tous dans la fenêtre dès que je voulais
l'ouvrir ou la fermer, un second étant toujours
prêt, si je parvenais à en dégager un premier, à
venir prendre immédiatement sa place dans les
jointures aussi parfaitement bouchées par eux
qu'elles l'eussent été par un buisson d'aubépines
réelles ou par des nids d'hirondelles qui auraient
eu la fantaisie de s'installer là, de sorte que cette
opération, en apparence si simple, d'ouvrir ou de
fermer ma croisée, je n'en venais jamais à bout
sans le secours de quelqu'un de la maison ; toutes ces choses, qui non seulement ne pouvaient
répondre à aucun de mes besoins, mais appor-
taient même une entrave, d'ailleurs légère, à leur
satisfaction, qui évidemment n'avaient jamais été
mises là pour l'utilité de quelqu'un, peuplaient

ma chambre de pensées en quelque sorte person-
nelles, avec cet air de prédilection d'avoir choisi
de vivre là et de s'y plaire, qu'ont souvent, dans
une clairière, les arbres, et, au bord des chemins
ou sur les vieux murs, les fleurs. Elles la remplis-
saient d'une vie silencieuse et diverse, d'un mystère où ma personne se trouvait à la fois perdue
et charmée ; elles faisaient de cette chambre une
sorte de chapelle où le soleil — quand il traver-
sait les petits carreaux rouges que mon oncle avait
intercalés au haut des fenêtres — piquait sur les
murs, après avoir rosé l'aubépine des rideaux,
des lueurs aussi étranges que si la petite chapelle
avait été enclose dans une plus grande nef à vitraux ; et où le bruit des cloches arrivait si reten-
tissant à cause de la proximité de notre maison
et de l'église, à laquelle d'ailleurs, aux grandes
fêtes, les reposoirs nous liaient par un chemin de
fleurs, que je pouvais imaginer qu'elles étaient
sonnées dans notre toit, juste au-dessus de la fenêtre d'où je saluais souvent le curé tenant son bré-
viaire, ma tante revenant de vêpres ou l'enfant de
chœur qui nous portait du pain bénit. Quant à la
photographie par Brown du *Printemps* de Botticelli ou au moulage de la *Femme inconnue* du
musée de Lille, qui, aux murs et sur la cheminée
des chambres de Maple, sont la part concédée par
William Morris à l'inutile beauté, je dois avouer
qu'ils étaient remplacés dans ma chambre par une
sorte de gravure représentant le prince Eugène,
terrible et beau dans son dolman, et que je fus
très étonné d'apercevoir une nuit, dans un grand
fracas de locomotives et de grêle, toujours terrible

et beau, à la porte d'un buffet de gare, où il servait de réclame à une spécialité de biscuits. Je soupçonne aujourd'hui mon grand-père de l'avoir autrefois reçu, comme prime, de la munificence d'un fabricant, avant de l'installer à jamais dans ma chambre. Mais alors je ne me souciais pas de son origine, qui me paraissait historique et mystérieuse et je ne m'imaginais pas qu'il pût y avoir plusieurs exemplaires de ce que je considérais comme une personne, comme un habitant permanent de la chambre que je ne faisais que partager avec lui et où je le retrouvais tous les ans, toujours pareil à lui-même. Il y a maintenant bien longtemps que je ne l'ai vu, et je suppose que je ne le reverrai jamais. Mais si une telle fortune m'advenait, je crois qu'il aurait bien plus de choses à me dire que le *Printemps* de Botticelli. Je laisse les gens de goût orner leur demeure avec la reproduction des chefs-d'œuvre qu'ils admirent et décharger leur mémoire du soin de leur conserver une image précieuse en la confiant à un cadre de bois sculpté. Je laisse les gens de goût faire de leur chambre l'image même de leur goût et la remplir seulement de choses qu'il puisse approuver. Pour moi, je ne me sens vivre et penser que dans une chambre où tout est la création et le langage de vies profondément différentes de la mienne, d'un goût opposé au mien, où je ne retrouve rien de ma pensée consciente, où mon imagination s'exalte en se sentant plongée au sein du non-moi ; je ne me sens heureux qu'en mettant le pied — avenue de la Gare, sur le port ou place de l'Église — dans un de ces hôtels de province

aux longs corridors froids où le vent du dehors
lutte avec succès contre les efforts du calorifère,
où la carte de géographie détaillée de l'arrondis-
sement est encore le seul ornement des murs, où
chaque bruit ne sert qu'à faire apparaître le
silence en le déplaçant, où les chambres gardent
un parfum de renfermé que le grand air vient
laver, mais n'efface pas, et que les narines aspi-
rent cent fois pour l'apporter à l'imagination, qui
s'en enchante, qui le fait poser comme un mo-
dèle pour essayer de le recréer en elle avec tout
ce qu'il contient de pensées et de souvenir ; où le
soir, quand on ouvre la porte de sa chambre, on
a le sentiment de violer toute la vie qui y est restée éparse, de la prendre hardiment par la main
quand, la porte refermée, on entre plus avant,
jusqu'à la table ou jusqu'à la fenêtre ; de s'asseoir
dans une sorte de libre promiscuité avec elle sur
le canapé exécuté par le tapissier du chef-lieu dans
ce qu'il croyait le goût de Paris ; de toucher partout la nudité de cette vie dans le dessein de se
troubler soi-même par sa propre familiarité, en
posant ici et là ses affaires, en jouant le maître
dans cette chambre pleine jusqu'aux bords de
l'âme des autres et qui garde jusque dans la forme
des chenêts et le dessin des rideaux l'empreinte
de leur rêve, en marchant pieds nus sur son tapis
inconnu ; alors, cette vie secrète, on a le sentiment
de l'enfermer avec soi quand on va, tout trem-
blant, tirer le verrou ; de la pousser devant soi
dans le lit et de coucher enfin avec elle dans les
grands draps blancs qui vous montent par-dessus
la figure, tandis que, tout près, l'église sonne pour

toute la ville les heures d'insomnie des mourants
et des amoureux.

Je n'étais pas depuis bien longtemps à lire dans
ma chambre qu'il fallait aller au parc, à un kilo-
mètre du village. Mais après le jeu obligé, j'abré-
geais la fin du goûter apporté dans des paniers et
distribué aux enfants au bord de la rivière, sur
l'herbe où le livre avait été posé avec défense de
le prendre encore. Un peu plus loin, dans certains
fonds assez incultes et assez mystérieux du parc,
la rivière cessait d'être une eau rectiligne et arti-
ficielle, couverte de cygnes et bordées d'allées où
souriaient des statues, et, par moments sautelante
de carpes, se précipitait, passait à une allure ra-
pide la clôture du parc, devenait une rivière dans
le sens géographique du mot — une rivière qui
devait avoir un nom — et ne tardait pas à s'épan-
dre (la même vraiment qu'entre les statues et sous
les cygnes ?) entre des herbages où dormaient des
bœufs et dont elle noyait les boutons d'or, sortes
de prairies rendues par elle assez marécageuses
et qui, tenant d'un côté au village par des tours
informes, restes, disait-on, du moyen âge, joi-
gnaient de l'autre, par des chemins montants
d'églantiers et d'aubépines, la « nature » qui s'éten-
dait à l'infini, des villages qui avaient d'autres
noms, l'inconnu. Je laissais les autres finir de goûter dans le bas du parc, au bord des cygnes, et je
montais en courant dans le labyrinthe jusqu'à
telle charmille où je m'asseyais, introuvable,
adossé aux noisetiers taillés, apercevant le plant
d'asperges, les bordures de fraisiers, le bassin où,
certains jours, les chevaux faisaient monter l'eau

en tournant, la porte blanche qui était la « fin du parc » en haut, et au-delà, les champs de bleuets et de coquelicots. Dans cette charmille, le silence était profond, le risque d'être découvert presque nul, la sécurité rendue plus douce par les cris éloignés qui, d'en bas, m'appelaient en vain, quelquefois même se rapprochaient, montaient les premiers talus, cherchant partout, puis s'en retournaient, n'ayant pas trouvé ; alors plus aucun bruit ; seul de temps en temps le son d'or des cloches qui au loin, par-delà les plaines, semblait tinter derrière le ciel bleu, aurait pu m'avertir de l'heure qui passait ; mais, surpris par sa douceur et troublé par le silence plus profond, vidé des derniers sons, qui le suivait, je n'étais jamais sûr du nombre des coups. Ce n'était pas les cloches tonnantes qu'on entendait en rentrant dans le village — quand on approchait de l'église qui, de près, avait repris sa taille haute et raide, dressant sur le bleu du soir son capuchon d'ardoise ponctué de corbeaux — faire voler le son en éclats sur la place « pour les biens de la terre ». Elles n'arrivaient au bout du parc que faibles et douces et ne s'adressant pas à moi, mais à toute la campagne, à tous les villages, aux paysans isolés dans leur champ, elles ne me forçaient nullement à lever la tête, elles passaient près de moi, portant l'heure aux pays lointains, sans me voir, sans me connaître et sans me déranger.

Et quelquefois à la maison, dans mon lit, longtemps après le dîner, les dernières heures de la soirée abritaient aussi ma lecture, mais cela, seulement les jours où j'étais arrivé aux derniers

chapitres d'un livre, où il n'y avait plus beaucoup
à lire pour arriver à la fin. Alors, risquant d'être
puni si j'étais découvert et l'insomnie qui, le livre
fini, se prolongerait peut-être toute la nuit, dès
que mes parents étaient couchés je rallumais ma
bougie ; tandis que, dans la rue toute proche,
entre la maison de l'armurier et la poste, baignées
de silence, il y avait plein d'étoiles au ciel sombre
et pourtant bleu, et qu'à gauche, sur la ruelle
exhaussée où commençait en tournant son ascen-
sion surélevée, on sentait veiller, monstrueuse et
noire, l'abside de l'église dont les sculptures la
nuit ne dormaient pas, l'église villageoise et pourtant historique, séjour magique du Bon Dieu, de
la brioche bénite, des saints multicolores et des
dames des châteaux voisins qui, les jours de fête,
faisant, quand elles traversaient le marché, piailler
les poules et regarder les commères, venaient à
la messe « dans leurs attelages », non sans ache-
ter au retour, chez le pâtissier de la place, juste
après avoir quitté l'ombre du porche où les fidè-
les en poussant la porte à tambour semaient les
rubis errants de la nef, quelques-uns de ces
gâteaux en forme de tours, protégés du soleil
par un store, — « manqués », « saint-honorés »
et « génoises », — dont l'odeur oisive et sucrée
est restée mêlée pour moi aux cloches de la
grand'messe et à la gaîté des dimanches.

Puis la dernière page était lue, le livre était
fini. Il fallait arrêter la course éperdue des yeux
et de la voix qui suivait sans bruit, s'arrêtant seulement pour reprendre haleine, dans un soupir
profond.

JEAN-JACQUES ROUSSEAU

Les Confessions *

Je sentis avant de penser : c'est le sort commun de l'humanité. Je l'éprouvai plus qu'un autre. J'ignore ce que je fis jusqu'à cinq ou six ans ; je ne sais comment j'appris à lire ; je ne me souviens que de mes premières lectures et de leur effet sur moi : c'est le temps d'où je date sans interruption la conscience de moi-même. Ma mère avait laissé des romans. Nous nous mîmes à les lire après souper, mon père et moi. Il n'était question d'abord que de m'exercer à la lecture par des livres amusants ; mais bientôt l'intérêt devint si vif, que nous lisions tour à tour sans relâche, et passions les nuits à cette occupation. Nous ne pouvions jamais quitter qu'à la fin du volume. Quelquefois mon père, entendant le matin les hirondelles, disait tout honteux : « Allons nous coucher ; je suis plus enfant que toi. »

En peu de temps j'acquis, par cette dangereuse méthode, non seulement une extrême facilité à lire et à m'entendre, mais une intelligence unique

* Extrait de Les Confessions (Folio n° 2999).

à mon âge sur les passions. Je n'avais aucune idée des choses, que tous les sentiments m'étaient déjà connus. Je n'avais rien conçu, j'avais tout senti. Ces émotions confuses, que j'éprouvais coup sur coup, n'altéraient point la raison que je n'avais pas encore ; mais elles m'en formèrent une d'une autre trempe, et me donnèrent de la vie humaine des notions bizarres et romanesques, dont l'expérience et la réflexion n'ont jamais bien pu me guérir.

Les romans finirent avec l'été de 1719. L'hiver suivant, ce fut autre chose. La bibliothèque de ma mère épuisée, on eut recours à la portion de celle de son père qui nous était échue. Heureusement, il s'y trouva de bons livres ; et cela ne pouvait guère être autrement, cette bibliothèque ayant été formée par un ministre, à la vérité, et savant même, car c'était la mode alors, mais homme de goût et d'esprit. L'*Histoire de l'Église et de l'Empire*, par Le Sueur ; le *Discours* de Bossuet *sur L'Histoire universelle* ; les *Hommes illustres*, de Plutarque ; l'*Histoire de Venise*, par Nani ; les *Métamorphoses* d'Ovide ; La Bruyère ; les *Mondes*, de Fontenelle ; ses *Dialogues des Morts*, et quelques tomes de Molière, furent transportés dans le cabinet de mon père, et je les lui lisais tous les jours, durant son travail. J'y pris un goût rare et peut-être unique à cet âge. Plutarque surtout devint ma lecture favorite. Le plaisir que je prenais à le relire sans cesse me guérit un peu des romans ; et je préférai bientôt Agésilas, Brutus, Aristide, à Orondate, Artamène et Juba. De ces intéressantes lectures, des entretiens qu'elles

occasionnaient entre mon père et moi, se forma
cet esprit libre et républicain, ce caractère in-
domptable et fier, impatient de joug et de servi-
tude, qui m'a tourmenté tout le temps de ma vie
dans les situations les moins propres à lui donner
l'essor. Sans cesse occupé de Rome et d'Athènes,
vivant pour ainsi dire avec leurs grands hommes,
né moi-même citoyen d'une république, et fils
d'un père dont l'amour de la patrie était la plus
forte passion, je m'en enflammais à son exemple ;
je me croyais Grec ou Romain ; je devenais le
personnage dont je lisais la vie : le récit des traits
de constance et d'intrépidité qui m'avaient
frappé me rendait les yeux étincelants et la voix
forte. Un jour que je racontais à table l'aventure
de Scævola, on fut effrayé de me voir avancer et
tenir la main sur un réchaud pour présenter son
action.

NATHALIE SARRAUTE

Enfance[*]

On a mis dans ma chambre une vieille commode achetée chez un brocanteur, elle est en bois sombre, avec une épaisse plaque de marbre noir, des tiroirs ouverts se dégage une forte odeur de renfermé, de moisi, ils contiennent plusieurs énormes volumes reliés en carton recouvert d'un papier noir à veinules jaunâtres... le marchand a oublié ou peut-être négligé de les retirer... c'est un roman de Ponson du Terrail, *Rocambole*.

Tous les sarcasmes de mon père... « C'est de la camelote, ce n'est pas un écrivain, il a écrit... je n'en ai, quant à moi, jamais lu une ligne... mais il paraît qu'il a écrit des phrases grotesques... "Elle avait les mains froides comme celles d'un serpent..." c'est un farceur, il se moquait de ses personnages, il les confondait, les oubliait, il était obligé pour se les rappeler de les représenter par des poupées qu'il enfermait dans ses placards, il les en sortait à tort et à travers, celui qu'il avait fait mourir, quelques chapitres plus loin revient

[*] Extrait de *Enfance* (Folio n° 1684).

bien vivant... tu ne vas tout de même pas perdre ton temps... » Rien n'y fait... dès que j'ai un moment libre je me dépêche de retrouver ces grandes pages gondolées, comme encore un peu humides, parsemées de taches verdâtres, d'où émane quelque chose d'intime, de secret... une douceur qui ressemble un peu à celle qui plus tard m'enveloppait dans une maison de province, vétuste, mal aérée, où il y avait partout des petits escaliers, des portes dérobées, des passages, des recoins sombres...

Voici enfin le moment attendu où je peux étaler le volume sur mon lit, l'ouvrir à l'endroit où j'ai été forcée d'abandonner... je m'y jette, je tombe... impossible de me laisser arrêter, retenir par les mots, par leur sens, leur aspect, par le déroulement des phrases, un courant invisible m'entraîne avec ceux à qui de tout mon être imparfait mais avide de perfection je suis attachée, à eux qui sont la bonté, la beauté, la grâce, la noblesse, la pureté, le courage mêmes... je dois avec eux affronter des désastres, courir d'atroces dangers, lutter au bord de précipices, recevoir dans le dos des coups de poignard, être séquestrée, maltraitée par d'affreuses mégères, menacée d'être perdue à jamais... et chaque fois, quand nous sommes tout au bout de ce que je peux endurer, quand il n'y a plus le moindre espoir, plus la plus légère possibilité, la plus fragile vraisemblance... cela nous arrive... un courage insensé, la noblesse, l'intelligence parviennent juste à temps à nous sauver...

C'est un moment de bonheur intense... toujours très bref... bientôt les transes, les affres me reprennent... évidemment les plus valeureux, les plus beaux, les plus purs ont jusqu'ici eu la vie sauve... jusqu'à présent... mais comment ne pas craindre que cette fois... il est arrivé à des êtres à peine moins parfaits... si, tout de même, ils l'étaient moins, et ils étaient moins séduisants, j'y étais moins attachée, mais j'espérais que pour eux aussi, ils le méritaient, se produirait au dernier moment... eh bien non, ils étaient, et avec eux une part arrachée à moi-même, précipités du haut des falaises, broyés, noyés, mortellement blessés... car le Mal est là, partout, toujours prêt à frapper... Il est aussi fort que le Bien, il est à tout moment sur le point de vaincre... et cette fois tout est perdu, tout ce qu'il peut y avoir sur terre de plus noble, de plus beau... le Mal s'est installé solidement, il n'a négligé aucune précaution, il n'a plus rien à craindre, il savoure à l'avance son triomphe, il prend son temps... et c'est à ce moment-là qu'il faut répondre à des voix d'un autre monde... « Mais on t'appelle, c'est servi, tu n'entends pas ? »... il faut aller au milieu de ces gens petits, raisonnables, prudents, rien ne leur arrive, que peut-il arriver là où ils vivent... là tout est si étriqué, mesquin, parcimonieux... alors que chez nous là-bas, on voit à chaque instant des palais, des hôtels, des meubles, des objets, des jardins, des équipages de toute beauté, comme on n'en voit jamais ici, des flots de pièces d'or, des rivières de diamants... « Qu'est-ce qu'il arrive à Natacha ? » j'entends une amie venue dîner poser tout bas cette question à mon père... mon air absent, hagard, peut-être dédaigneux a dû la frapper... et mon père lui chuchote à l'oreille... « Elle est plongée dans *Rocambole* ! » L'amie hoche la tête d'un air qui signifie : « Ah, je comprends... »

Mais qu'est-ce qu'ils peuvent comprendre...

JEAN-PAUL SARTRE

Les mots[*]

J'ai commencé ma vie comme je la finirai sans
doute : au milieu des livres. Dans le bureau de
mon grand-père, il y en avait partout ; défense
était faite de les épousseter sauf une fois l'an,
avant la rentrée d'octobre. Je ne savais pas encore
lire que, déjà, je les révérais, ces pierres levées ;
droites ou penchées, serrées comme des briques
sur les rayons de la bibliothèque ou noblement
espacées en allées de menhirs, je sentais que la
prospérité de notre famille en dépendait. Elles se
ressemblaient toutes, je m'ébattais dans un mi-
nuscule sanctuaire, entouré de monuments tra-
pus, antiques qui m'avaient vu naître, qui me
verraient mourir et dont la permanence me ga-
rantissait un avenir aussi calme que le passé. Je
les touchais en cachette pour honorer mes mains
de leur poussière mais je ne savais trop qu'en faire
et j'assistais chaque jour à des cérémonies dont
le sens m'échappait : mon grand-père — si mala-
droit, d'habitude, que ma mère lui boutonnait

* Extrait de *Les mots* (Folio n° 607).

ses gants — maniait ces objets culturels avec une dextérité d'officiant. Je l'ai vu mille fois se lever d'un air absent, faire le tour de sa table, traverser la pièce en deux enjambées, prendre un volume sans hésiter, sans se donner le temps de choisir, le feuilleter en regagnant son fauteuil, par un mouvement combiné du pouce et de l'index puis, à peine assis, l'ouvrir d'un coup sec « à la bonne page » en le faisant craquer comme un soulier. Quelquefois je m'approchais pour observer ces boîtes qui se fendaient comme des huîtres et je découvrais la nudité de leurs organes intérieurs, des feuilles blêmes et moisies, légèrement bour-souflées, couvertes de veinules noires, qui bu-vaient l'encre et sentaient le champignon.

Dans la chambre de ma grand-mère les livres étaient couchés ; elle les empruntait à un cabinet de lecture et je n'en ai jamais vu plus de deux à la fois. Ces colifichets me faisaient penser à des confiseries de Nouvel An parce que leurs feuillets souples et miroitants semblaient découpés dans du papier glacé. Vifs, blancs, presque neufs, ils servaient de prétexte à des mystères légers. Cha-que vendredi, ma grand-mère s'habillait pour sortir et disait : « Je vais *les* rendre » ; au retour, après avoir ôté son chapeau noir et sa voilette, elle *les* tirait de son manchon et je me demandais, mystifié : « Sont-ce les mêmes ? » Elle les « cou-vrait » soigneusement puis, après avoir choisi l'un d'eux, s'installait près de la fenêtre, dans sa ber-gère à oreillettes, chaussait ses besicles, soupirait de bonheur et de lassitude, baissait les paupières

avec un fin sourire voluptueux que j'ai retrouvé
depuis sur les lèvres de la Joconde ; ma mère se
taisait, m'invitait à me taire, je pensais à la messe,
à la mort, au sommeil : je m'emplissais d'un silence sacré. De temps en temps, Louise avait un
petit rire ; elle appelait sa fille, pointait du doigt
sur une ligne et les deux femmes échangeaient
un regard complice. Pourtant, je n'aimais pas ces
brochures trop distinguées ; c'étaient des intru-
ses et mon grand-père ne cachait pas qu'elles
faisaient l'objet d'un culte mineur, exclusivement
féminin. Le dimanche, il entrait par désœuvre-
ment dans la chambre de sa femme et se plantait
devant elle sans rien trouver à lui dire ; tout le
monde le regardait, il tambourinait contre la vitre
puis, à bout d'invention, se retournait vers Louise
et lui ôtait des mains son roman : « Charles !
s'écriait-elle furieuse, tu vas me perdre ma
page ! » Déjà, les sourcils hauts, il lisait ; brusquement son index frappait la brochure :
« Comprends pas ! — Mais comment veux-tu
comprendre ? disait ma grand-mère : tu lis par-
dedans ! » Il finissait par jeter le livre sur la table
et s'en allait en haussant les épaules.

Il avait sûrement raison puisqu'il était du métier. Je le savais : il m'avait montré, sur un rayon
de la bibliothèque, de forts volumes cartonnés et
recouverts de toile brune. « Ceux-là, petit, c'est le
grand-père qui les a faits. » Quelle fierté ! J'étais
le petit-fils d'un artisan spécialisé dans la fabri-
cation des objets saints, aussi respectable qu'un
facteur d'orgues, qu'un tailleur pour ecclésiasti-

ques. Je le vis à l'œuvre : chaque année, on rééditait le *Deutsches Lesebuch*. Aux vacances, toute la famille attendait les épreuves impatiemment : Charles ne supportait pas l'inaction, il se fâchait pour passer le temps. Le facteur apportait enfin de gros paquets mous, on coupait les ficelles avec des ciseaux ; mon grand-père dépliait les placards, les étalait sur la table de la salle à manger et les sabrait de traits rouges ; à chaque faute d'impression il jurait le nom de Dieu entre ses dents mais il ne criait plus sauf quand la bonne prétendait mettre le couvert. Tout le monde était content. Debout sur une chaise, je contemplais dans l'extase ces lignes noires, striées de sang. Charles Schweitzer m'apprit qu'il avait un ennemi mortel, son Éditeur. Mon grand-père n'avait jamais su compter : prodigue par insouciance, généreux par ostentation, il finit par tomber, beaucoup plus tard, dans cette maladie des octogénaires, l'avarice, effet de l'impotence et de la peur de mourir. À cette époque, elle ne s'annonçait que par une étrange méfiance : quand il recevait, par mandat, le montant de ses droits d'auteur, il levait les bras au ciel en criant qu'on lui coupait la gorge ou bien il entrait chez ma grand-mère et déclarait sombrement : « Mon éditeur me vole comme dans un bois. » Je découvris, stupéfait, l'exploitation de l'homme par l'homme. Sans cette abomination, heureusement circonscrite, le monde eût été bien fait, pourtant : les patrons donnaient selon leurs capacités aux ouvriers selon leurs mérites. Pourquoi fallait-il que les éditeurs, ces vampires, le déparassent en buvant le sang de mon pauvre grand-père ? Mon respect s'accrut pour ce saint homme dont le dévouement ne trouvait pas de récompense : je fus préparé de bonne heure à traiter le professorat comme un sacerdoce et la littérature comme une passion.

En lisant,
je m'enfouissais sous le texte,
comme une taupe.

LOUIS CALAFERTE

LOUIS CALAFERTE

Septentrion[*]

Les livres me donnaient confiance. Sentiment assez indéfinissable. Ils représentaient une force sûre, un secours permanent. Toujours réceptif, un livre ! À la première lecture on a laissé une marque à telle ou telle page, le coin plié, c'est le passage qui répondait à une préoccupation, à un doute. Le dialogue est ininterrompu. D'autant plus vaste qu'on y ajoute tout ce qu'on veut. L'auteur n'a fait que poser les jalons indispensables. À vous de faire la tournée d'inspection.

La frénésie de lire me vint, je crois, vers les quinze ans. Je me revois fort bien, assis dans un autobus, faisant ma première incursion littéraire avec un livre de nouvelles d'un auteur strictement inconnu dont je n'ai jamais su le nom. C'était un livre à bon marché qu'on avait dû me prêter ou que j'avais dû trouver chez le quincaillier de mon quartier qui, si inhabituel que cela paraisse, installait sur le trottoir devant sa vitrine, à côté des cuvettes émaillées, des brocs, des beurriers en

* Extrait de *Septentrion* (Folio n° 2142).

terre rouge et des pots à confiture, des casiers de livres d'occasion qui passaient de main en main d'un bout à l'autre de l'année par tous les habitants du quartier avant de revenir à la quincaillerie, un peu plus défraîchis si possible, tachés de vin, de graisse, de café, de traces de doigts, les pages arrachées, décousues, et pour la plupart agrémentés en marge de dessins obscènes. Il y avait surtout des romans policiers et un grand nombre d'ouvrages illustrés sur les positions recommandées pour favoriser et perfectionner l'art du coït. On y trouvait par hasard quelques bons et authentiques romans ou essais dont il eût été curieux de suivre les pérégrinations qui les avaient conduits jusque-là. Pendant un an ou deux, j'ai bien dû m'arrêter presque chaque matin devant ces casiers et y choisir des livres.

Coïncidence singulière qui ne vaut sans doute pas qu'on épilogue, mais littérature et solitude sont les deux mots qui m'ont le plus intrigué lorsque je les ai entendus pour la première fois.

Il y eut une époque où, dans les livres, le sens d'une bonne partie des mots m'échappait. Grâce au seul moyen de la lecture, je me suis lentement familiarisé avec un vocabulaire élargi que je n'avais jamais employé ni entendu employer autour de moi. Cette façon ardue d'appréhender la langue m'a laissé un immense amour des mots. Amour presque physique de l'image. Riche. Pleine. Charnelle. Le mot est avant tout un cri. C'est par un cri que nous nous manifestons au monde. *Expression !* C'est-à-dire besoin incontrôlable de faire entendre sa voix. Les mots sont faits pour scintiller de tout leur éclat. Il n'y a pas de limite concevable à leur agencement parce qu'il n'y a pas de limite à la couleur, à la lumière. Il n'y a pas de mesure à la mesure des mots. Il ne viendrait à personne l'idée de mettre un frein à la clarté nue de midi en été. Les mots. Silex et diamant. Votre rôle est de fouiller là dedans à pleines mains au petit bonheur. Pourvu que ça rende le son qui est en vous au moment où vous écrivez. Vous rencontrerez toujours un de ces singes maniaques pour vous expliquer gravement que ce que vous prenez ordinairement pour des lustres de Venise ne sont que de vulgaires chandelles usagées. Devant ces démonstrations savantes empreintes de *mesure*, pétez-lui au nez d'un air jovial et bon enfant — qu'il comprenne que la leçon a porté !

En lisant, je m'enfouissais *sous* le texte, comme une taupe. J'ai aimé les écrivains. Tous les écrivains. D'un amour de béatitude. Respect. Admiration. Envie. Imagination. Et superstition aussi. Tout cela composait cette espèce de tendresse bizarre que je leur accordais spontanément.

J'essayais de rassembler le plus d'indices possible sur la vie de chacun. Merveilleuse, attendrissante époque pour moi sur ce plan où la foi absolue transposait tout et me tenait lieu d'intelligence et de sens critique. Je m'en souviens comme d'un âge d'éther où il faisait bon s'endormir en plein air sous les étoiles et se laisser conduire par la main vers cet ensorcellement imaginaire que je recréais à volonté. Je passais le plus clair de mon temps dans l'intimité des écrivains

sans en connaître un seul. Fanatique et amoureux. Idolâtre. Subissant comme les autres toute
la journée les engueulades des chefs d'ateliers ou
du chef du personnel, supportant l'atmosphère
du travail en usine auquel je n'ai jamais pu m'ac-
climater, meurtri dans mon amour-propre, ne
pouvant répliquer sous peine d'être mal noté, tenu
à l'œil et chargé des boulots les plus emmerdants
de la boîte, il me suffisait pourtant de me souvenir tout à coup d'une description d'un bureau
d'écrivain que j'avais lue quelque part, et ins-
tantanément la colère fondait. Je me mettais à
battre des ailes au-dessus du parc zoologique,
une caisse de boulons neufs sur les épaules ou la
pompe de graissage dans la main droite. Par je
ne sais quel processus de projection, je me sentais
métamorphosé, n'ayant rien de commun avec
toute cette misère, toute cette veulerie entre-
tenue, morbide. Que j'y fusse provisoirement
mêlé n'était plus alors selon moi qu'un accident
fortuit. Je me coulais dans la peau de mon second
personnage que je ne perdais jamais de vue :
l'écrivain que j'aurais voulu être. (À noter que je
ne me suis jamais autant pris pour un écrivain
qu'à l'époque bienheureuse où je n'avais rien
écrit.) Pas de la même trempe que ce tas de lar-
bins foireux ! Telle était ma conclusion au sortir
d'un accrochage sérieux avec l'un des chefs. Et
surenchérissant dans mon langage, j'ajoutais men-
talement : « Bande de sales pouilleux que vous
êtes tous, vous ne vous doutez pas de quoi je suis
capable. Attendez seulement que l'occasion me
soit donnée de prouver ce que je vaux en réalité,

et ce jour-là, chef ou pas, je vous ferai avaler mon foutre si ça me chante ! Il y a belle lurette que j'ai bifurqué sur la voie de garage presque sans m'en apercevoir moi-même. Mais je ne l'ai encore dit à personne. C'est pourquoi j'ai l'air de vous ressembler. Sur ce, bon voyage, et ne m'en veuillez pas de vous quitter si tôt, mais j'ai un rendez-vous de la plus haute importance à la septième borne astrale avec un nommé Schopenhauer le Misogyne, un nouveau pote à moi qui aurait tendance à se payer la gueule du monde avec ce grain d'humour impénétrable que j'apprécie tant. Bonsoir. »

Si je parle si longuement des livres, c'est qu'ils favorisèrent en moi une sorte de système d'auto-défense à l'égard de ma condition. Manœuvre d'usine, l'avenir ne me promettait rien qui vaille et j'avais peur. Une peur alarmante. Je pourrais d'un jour à l'autre me retrouver dans la même position, ou plus bas encore, sans subir à nouveau ce sentiment d'infériorité qui me hantait. La réalisation, la réussite, la fonction sociale et même l'argent n'ont plus de sens pour moi aujourd'hui — ou disons qu'ils en ont un tout différent. *Je danse sur un autre pied*.

La lecture contribuait à tempérer au fond de moi cette anxiété, dont j'ai longtemps souffert, de n'être qu'un raté. J'avais beau miser indéfiniment sur le lendemain ou l'année suivante, les jours se succédaient sans changement notable. Usine. Dégoût. Rancœur contre tout le monde et contre *le* monde. Manque d'argent. Envie de me payer moi aussi des costumes, des vacances, un appartement, une soirée au restaurant ou au théâtre. À plusieurs reprises dans ma vie, je me suis demandé si, oui ou non, j'allais finir dans la peau d'un mendigot ou d'un petit employé subalterne. Ce genre de confrontation avec soi-même est affreuse. C'est l'échéance. Lorsqu'on arrive ainsi au point mort de l'échec on est fatalement seul, et, qui plus est, sans argent. Je n'ai trouvé de soutien à ce moment-là que dans les livres de quelques rares auteurs qui avaient songé à ne pas broder sur le thème, à raconter simplement leurs propres déboires, leurs propres faillites, leurs expériences navrantes et solitaires à la portée de tout homme placé dans le même cas.

Les livres avaient sur moi un pouvoir hypnotique. Longtemps, mes rêves de la nuit ont été encombrés de librairies aux proportions fabuleuses où j'étais accueilli en ami bienvenu, où l'on mettait à ma disposition des bibliothèques cachées contenant des éditions introuvables.

CAMILLE LAURENS

AIGUILLAGE *(Erreur d')* [*]

L'homme au chapeau pivota sur lui-même et, de ce mouvement de l'index qui lui avait valu le surnom de Finger, releva légèrement le bord de son taupé, montrant à la pauvre lumière d'un réverbère le plus beau visage qui soit au monde. Puis, la mâchoire dure, il examina sans un geste les contours obscurs du bâtiment ; le taxi l'avait bel et bien trompé : ce n'était pas la gare routière de San Francisco.

C'était l'une des premières pages du livre, que Claire Desprez n'avait pas encore ouvert. Elle s'était levée à l'annonce du train, s'était placée juste à l'endroit où elle savait pouvoir monter dans un wagon de seconde et lisait distraitement la quatrième de couverture plastifiée qui recensait les principaux éloges des critiques : « Un suspense à vous couper le souffle ! » « Une fois embarqué, vous ne quitterez plus les rails de cette histoire noire. » « *Index* : au bout de l'enquête, un scandale à ne pas mettre entre toutes les mains. »

* Extrait de *Index* (Folio n° 3741).

Claire s'est mordu la joue gauche, désappoin-
tée : elle n'aimait pas les romans policiers. Quand
elle en lisait un, il lui semblait souvent que c'était
la suite d'un premier volume autrement plus intéressant mais hélas introuvable en librairie. Elle
n'entrait guère, fût-ce le temps d'un voyage, dans
cet univers où les héros sont fatigués comme s'ils
avaient été brisés par quelque chose qui n'est jamais raconté ; personne ne paraît savoir ce qu'ils
ont fait avant le début de l'enquête : si quelque
douleur les a laissés pour toujours à même d'être
quittés sans broncher par une femme, le lecteur
ne la mesure en eux qu'à un pli de la bouche,
parce que cette douleur a été renfermée et scellée
de telle sorte dans leur cœur qu'elle a échappé
même au chroniqueur, comme le poing d'un mort
crispé sur l'explication du crime mais qu'on n'arrive plus à desserrer.

Or Claire, quoique obsédée par la discrétion
dans la vraie vie, ou peut-être justement à cause
de cela, estimait que la fiction devait tout dire :
c'était un peu facile de s'en tirer avec deux ou
trois jeux de physionomie — est-ce que tout un
passé tenait dans un claquement des doigts, est-ce
qu'on s'affranchissait d'une histoire en comman-
dant un whisky ? —, cela n'avait pas de sens.
Claire était architecte et avait, dans son métier,
le souci du détail ; pour elle un livre devait être
un plan précis que l'on déplie ; de même qu'elle
inscrivait soigneusement l'échelle et toutes les
mesures sur ses croquis, de même un écrivain devait donner la profondeur des âmes. Sur la surface du plan s'élaboraient les trois axes de

l'espace, hauteur, longueur, largeur ; dans les pages du roman, passé, présent, avenir, les trois dimensions du temps.

Claire a évalué rapidement la tranche du livre à travers l'enveloppe transparente : deux cents pages tout au plus, serrées les unes contre les autres. Le polar avait toujours été un genre bref, tracé moins au crayon qu'à la gomme. À cet égard, *Index* était un excellent titre, la réponse préalable d'un auteur ironique à toute interrogation : non, vous ne saurez rien, ou presque rien, gardons un doigt devant les lèvres, chut ! Cet escamotage énervait Claire Desprez, et elle jugeait aussi sévèrement les romans policiers qu'un projet de logement où manquerait la hauteur sous plafond. Certes, on y apprenait comment telle enquête minutieusement menée avait réussi, mais on ignorerait toujours pourquoi la vie avait raté. Si l'on pouvait d'ailleurs appeler vie, se disait-elle en glissant dans son cartable l'inutile achat dont l'auteur du moins portait un nom à consonance française, si l'on pouvait appeler vie cette parodie d'existence où se complaisait le polar américain, d'où Claire avait personnellement toujours émergé avec la conviction philosophique que « la vie » n'était qu'une suite de douches et de bourbons secs et que le destin d'un privé consistait essentiellement et alternativement à être propre comme un sou neuf et saoul comme un cochon.

Elle avait en outre une préférence ancienne pour les aventures chevaleresques dans lesquelles le héros, non content de se tirer des épreuves

imposées par sa dame, de porter ses couleurs au
tournoi, de pourfendre l'ennemi, d'abattre des
châteaux et des têtes, de sillonner le monde, de
quêter l'impossible Graal, sait aussi danser le
branle au bal du roi dans des souliers à la pou-
laine. Elle adhérait dans ces récits à des mots qui
lui semblaient usés partout ailleurs et qui trou-
vaient là un pouvoir unique d'excitation sensuelle : épaules, homme, beauté, visage. Ce qui
dans un roman policier n'aurait témoigné que
d'une grande pauvreté de vocabulaire devenait
l'occasion de rêver à la force des hommes et à l'in-
nocence des femmes. C'était comme ces statues
antiques dont on contemple avec émotion les
fragments parce qu'à regarder ici un torse, là un
pied, un profil, un avant-bras, on s'imagine que
personne n'a su depuis avec autant de perfection
ce qu'est un corps. Claire attribuait au talent des
artistes la pureté des formes et des mots, alors
que c'était elle qui projetait sur eux sa nostalgie
des commencements, son regret d'une époque an-
térieure à l'indifférence et à l'usage : elle aimait
les choses vierges, la saveur des mots à leurs
débuts, sans comprendre qu'il ne tenait pas au
génie de Chrétien de Troyes qu'Arthur eût été le
nom d'un beau roi plein d'amour quand il n'était
plus, huit siècles après, que celui d'un cocu ou de
l'écorché des carabins.

Bref, Claire Desprez avait des chances réduites
d'apprécier *Index*, tandis qu'elle avait, quelques
semaines auparavant, sur le même trajet, dévoré
l'anthologie de textes médiévaux toute dépenaillée

qu'un étudiant avait oubliée entre deux sièges en descendant à Rouen.

Il y avait encore une autre raison pour laquelle Claire supportait mal la lecture des romans policiers ; mais cette raison n'était pas, pour l'heure, disponible dans sa conscience.

BERNHARD SCHLINK

*Le liseur**

C'est que je lui faisais la lecture. Le lendemain de notre conversation, Hanna avait voulu savoir ce que j'apprenais au lycée. Je lui parlai des poèmes homériques, des discours de Cicéron, et de l'histoire d'Hemingway sur le vieil homme et son combat avec le poisson et avec la mer. Elle voulut entendre à quoi ressemblaient le grec et le latin, et je lus à haute voix des passages de l'*Odyssée* et des *Catilinaires*.

« Tu fais aussi de l'allemand ?

— Qu'est-ce que tu veux dire ?

— Tu apprends seulement des langues étrangères, ou bien il reste aussi des choses à apprendre dans sa propre langue ?

— On lit des textes. » Pendant que j'étais malade, la classe avait étudié deux pièces, une de Lessing, *Emilia Galotti*, et une de Schiller, *Intrigue et Amour*, sur lesquelles nous aurions bientôt une dissertation à faire. Il fallait donc que je lise ces deux textes, ce que je faisais quand le reste de

* Extrait de *Le liseur* (Folio n° 3158).

mon travail était fini. Mais c'était en fin de journée, j'étais fatigué, et le lendemain je ne me rappelais plus ce que j'avais lu : il fallait que je recommence.

« Tu n'as qu'à me les lire !

— Lis-les toi-même, je te les apporterai.

— Tu as une si belle voix, garçon, je préfère t'écouter, plutôt que de lire moi-même.

— Oh, tu crois ? »

Mais quand j'arrivai le lendemain et voulus l'embrasser, elle se déroba. « Tu me fais d'abord la lecture. »

Elle parlait sérieusement. Je dus lui lire *Emilia Galotti* pendant une demi-heure avant qu'elle m'emmène sous la douche et dans son lit. Désormais, j'étais ravi de la douche. Le désir que j'éprouvais en arrivant était passé en lisant. Lire une pièce de façon que les divers personnages soient reconnaissables et vivants exige une certaine concentration. Sous la douche, le désir revenait. Lecture, douche, faire l'amour et rester encore un moment étendus ensemble, tel était le rituel de nos rendez-vous.

C'était une auditrice attentive. Son rire, ses soupirs de dédain et ses exclamations indignées ou enthousiastes ne laissaient aucun doute : elle suivait l'action avec passion, et considérait les deux héroïnes comme de petites dindes. L'impatience qu'elle mettait parfois à me demander de continuer tenait à ce qu'elle espérait que ces personnages allaient enfin, nécessairement, arrêter leurs bêtises. « Non, mais c'est pas possible ! » Quelquefois, j'avais moi-même très envie de poursuivre la lecture. Quand les jours allongèrent, je lus plus longtemps, pour être au lit avec elle au moment du crépuscule. Lorsqu'elle s'était endormie sur moi, que la scie dans la cour s'était tue, que le merle chantait et que, dans la cuisine, il ne restait plus de la couleur des objets que des tons de gris plus ou moins clairs ou sombres, j'étais parfaitement heureux.

STENDHAL

Un père et un fils[*]

En approchant de son usine, le père Sorel appela Julien de sa voix de stentor ; personne ne répondit. Il ne vit que ses fils aînés, espèces de géants qui, armés de lourdes haches, équarrissaient les troncs de sapin, qu'ils allaient porter à la scie. Tout occupés à suivre exactement la marque noire tracée sur la pièce de bois, chaque coup de leur hache en séparait des copeaux énormes. Ils n'entendirent pas la voix de leur père. Celui-ci se dirigea vers le hangar ; en y entrant, il chercha vainement Julien à la place qu'il aurait dû occuper, à côté de la scie. Il l'aperçut à cinq ou six pieds plus haut, à cheval sur l'une des pièces de la toiture. Au lieu de surveiller attentivement l'action de tout le mécanisme, Julien lisait. Rien n'était plus antipathique au vieux Sorel ; il eût peut-être pardonné à Julien sa taille mince, peu propre aux travaux de force, et si différente de celle de ses aînés ;

* Extrait de *Le Rouge et le Noir* (Folio n° 3380).

mais cette manie de lecture lui était odieuse, il
ne savait pas lire lui-même.

Ce fut en vain qu'il appela Julien deux ou trois
fois. L'attention que le jeune homme donnait à
son livre, bien plus que le bruit de la scie, l'empêcha d'entendre la terrible voix de son père. Enfin,
malgré son âge, celui-ci sauta lestement sur
l'arbre soumis à l'action de la scie, et de là sur la
poutre transversale qui soutenait le toit. Un coup
violent fit voler dans le ruisseau le livre que
tenait Julien ; un second coup aussi violent,
donné sur la tête, en forme de calotte, lui fit perdre l'équilibre. Il allait tomber à douze ou quinze
pieds plus bas, au milieu des leviers de la machine
en action, qui l'eussent brisé, mais son père le
retint de la main gauche, comme il tombait.

— Eh bien, paresseux ! tu liras donc toujours
tes maudits livres, pendant que tu es de garde à
la scie ? Lis-les le soir, quand tu vas perdre ton
temps chez le curé, à la bonne heure.

Julien, quoique étourdi par la force du coup, et
tout sanglant, se rapprocha de son poste officiel,
à côté de la scie. Il avait les larmes aux yeux,
moins à cause de la douleur physique, que pour
la perte de son livre qu'il adorait.

— Descends, animal, que je te parle. Le bruit
de la machine empêcha encore Julien d'entendre
cet ordre. Son père qui était descendu, ne voulant
pas se donner la peine de remonter sur le mécanisme, alla chercher une longue perche pour
abattre des noix, et l'en frappa sur l'épaule. À
peine Julien fut-il à terre, que le vieux Sorel, le
chassant rudement devant lui, le poussa vers la

maison. Dieu sait ce qu'il va me faire ! se disait le jeune homme. En passant, il regarda tristement le ruisseau où était tombé son livre ; c'était celui de tous qu'il affectionnait le plus, le *Mémorial de Sainte-Hélène*.

Il avait les joues pourpres et les yeux baissés. C'était un petit jeune homme de dix-huit à dix-neuf ans, faible en apparence, avec des traits irréguliers, mais délicats, et un nez aquilin. De grands yeux noirs, qui, dans les moments tranquilles, annonçaient de la réflexion et du feu, étaient animés en cet instant de l'expression de la haine la plus féroce. Des cheveux châtain-foncé, plantés fort bas, lui donnaient un petit front, et, dans les moments de colère, un air méchant. Parmi les innombrables variétés de la physionomie humaine, il n'en est peut-être point qui se soit distinguée par une spécialité plus saisissante. Une taille svelte et bien prise annonçait plus de légèreté que de vigueur. Dès sa première jeunesse, son air extrêmement pensif et sa grande pâleur avaient donné l'idée à son père qu'il ne vivrait pas, ou qu'il vivrait pour être une charge à sa famille. Objet des mépris de tous à la maison, il haïssait ses frères et son père ; dans les jeux du dimanche, sur la place publique, il était toujours battu.

Il n'y avait pas un an que sa jolie figure commençait à lui donner quelques voix amies parmi les jeunes filles. Méprisé de tout le monde, comme un être faible, Julien avait adoré ce vieux chirurgien-major qui un jour osa parler au maire au sujet des platanes.

Ce chirurgien payait quelquefois au père Sorel la journée de son fils, et lui enseignait le latin et l'histoire, c'est-à-dire ce qu'il savait d'histoire, la campagne de 1796 en Italie. En mourant, il lui avait légué sa croix de la légion d'honneur, les arrérages de sa demi-solde, et trente ou quarante volumes, dont le plus précieux venait de faire le saut dans *le ruisseau public*, détourné par le crédit de M. le maire.

À peine entré dans la maison, Julien se sentit l'épaule arrêtée par la puissante main de son père ; il tremblait, s'attendant à quelques coups.

— Réponds-moi sans mentir, lui cria aux oreilles la voix dure du vieux paysan, tandis que sa main le retournait comme la main d'un enfant retourne un soldat de plomb. Les grands yeux noirs et remplis de larmes de Julien se trouvèrent en face des petits yeux gris et méchants du vieux charpentier qui avait l'air de vouloir lire jusqu'au fond de son âme.

ÉMILE ZOLA

Le Rêve[*]

Un livre acheva l'œuvre. Comme elle furetait un matin, fouillant sur une planche de l'atelier, couverte de poussière, elle découvrit, parmi des outils de brodeur hors d'usage, un exemplaire très ancien de *La Légende dorée*, de Jacques de Voragine. Cette traduction française, datée de 1549, avait dû être achetée jadis par quelque maître chasublier, pour les images, pleines de renseignements utiles sur les saints. Longtemps elle-même ne s'intéressa guère qu'à ces images, ces vieux bois d'une foi naïve, qui la ravissaient. Dès qu'on lui permettait de jouer, elle prenait l'in-quarto, relié en veau jaune, elle le feuilletait lentement : d'abord, le faux titre, rouge et noir, avec l'adresse du libraire, « a Paris, en la rue Neufve nostre Dame, a lenseigne sainct Jehan Baptiste » ; puis, le titre, flanqué des médaillons des quatre évangélistes, encadré en bas par l'adoration des trois Mages, en haut par le triomphe de Jésus-Christ foulant des ossements. Et ensuite les

* Extrait de *Le Rêve* (Folio n° 1746).

images se succédaient, lettres ornées, grandes et
moyennes gravures dans le texte, au courant des
pages : l'Annonciation, un Ange immense inon-
dant de rayons une Marie toute frêle ; le Mas-
sacre des Innocents, le cruel Hérode au milieu
d'un entassement de petits cadavres ; la Crèche,
Jésus entre la Vierge et saint Joseph, qui tient un
cierge ; saint Jean l'Aumônier donnant aux pau-
vres ; saint Mathias brisant une idole ; saint
Nicolas, en évêque, ayant à sa droite des enfants
dans un baquet ; et toutes les saintes, Agnès, le
col troué d'un glaive, Christine, les mamelles
arrachées par des tenailles, Geneviève, suivie de
ses ageaux, Julienne flagellée, Anastasie brûlée,
Marie l'Égyptienne faisant pénitence au désert,
Madeleine portant le vase de parfum. D'autres,
d'autres encore défilaient, une terreur et une pitié
grandissaient à chacune d'elles, c'était comme une
de ces histoires terribles et douces, qui serrent le
cœur et mouillent les yeux de larmes.

Mais Angélique, peu à peu, fut curieuse de
savoir au juste ce que représentaient les gravures. Les deux colonnes serrées du texte, dont
l'impression était restée très noire sur le papier
jauni, l'effrayaient, par l'aspect barbare des caractères gothiques. Pourtant, elle s'y accoutuma,
déchiffra ces caractères, comprit les abréviations
et les contractions, sut deviner les tournures et
les mots vieillis ; et elle finit par lire couramment,
enchantée comme si elle pénétrait un mystère,
triomphante à chaque nouvelle difficulté vaincue.
Sous ces laborieuses ténèbres, tout un monde
rayonnant se révélait. Elle entrait dans une

splendeur céleste. Ses quelques livres classiques, si secs et si froids, n'existaient plus. Seule, la Légende la passionnait, la tenait penchée, le front entre les mains, prise toute, au point de ne plus vivre de la vie quotidienne, sans conscience du temps, regardant monter, du fond de l'inconnu, le grand épanouissement du rêve.

Dieu est débonnaire, et ce sont d'abord les saints et les saintes. Ils naissent prédestinés, des voix les annoncent, leurs mères ont des songes éclatants. Tous sont beaux, forts, victorieux. De grandes lueurs les environnent, leur visage resplendit. Dominique a une étoile au front. Ils lisent dans l'intelligence des hommes, répètent à voix haute ce qu'on pense. Ils ont le don de prophétie, et leurs prédictions toujours se réalisent. Leur nombre est infini, il y a des évêques et des moines, des vierges et des prostituées, des mendiants et des seigneurs de race royale, des ermites nus mangeant des racines, des vieillards avec des biches dans des cavernes. Leur histoire à tous est la même, ils grandissent pour le Christ, croient en lui, refusent de sacrifier aux faux dieux, sont torturés et meurent pleins de gloire. Les persécutions lassent les empereurs. André, mis en croix, prêche pendant deux jours à vingt mille personnes. Des conversions en masse se produisent, quarante mille hommes sont baptisés d'un coup. Quand les foules ne se convertissent pas devant les miracles, elles s'enfuient épouvantées. On accuse les saints de magie, on leur pose des énigmes qu'ils débrouillent, on les met aux prises avec les docteurs qui restent muets. Dès qu'on les

amène dans les temples pour sacrifier, les idoles
sont renversées d'un souffle et se brisent. Une
vierge noue sa ceinture au cou de Vénus, qui
tombe en poudre. La terre tremble, le temple de
Diane s'effondre, frappé du tonnerre ; et les
peuples se révoltent, des guerres civiles éclatent.
Alors, souvent, les bourreaux demandent le bap-
tême, les rois s'agenouillent aux pieds des saints
en haillons, qui ont épousé la pauvreté. Sabine
s'enfuit de la maison paternelle. Paule abandonne
ses cinq enfants et se prive de bains. Des morti-
fications, des jeûnes les purifient. Ni froment, ni
huile. Germain répand de la cendre sur ses ali-
ments. Bernard ne distingue plus les mets, ne reconnaît que le goût de l'eau pure. Agathon garde
trois ans une pierre dans sa bouche. Augustin se
désespère d'avoir péché, en prenant de la distrac-
tion à regarder un chien courir. La prospérité, la
santé sont en mépris, la joie commence aux pri-
vations qui tuent le corps. Et c'est ainsi que,
triomphants, ils vivent dans des jardins où les
fleurs sont des astres, où les feuilles des arbres
chantent. Ils exterminent des dragons, ils soulè-
vent des tempêtes et les apaisent, ils sont ravis en
extase à deux coudées du sol. Des dames veuves
pourvoient à leurs besoins pendant leur vie, re-
çoivent en rêve l'avis d'aller les ensevelir, quand
ils sont morts. Des histoires extraordinaires leur
arrivent, des aventures merveilleuses, aussi belles
que des romans. Et, après des centaines d'années,
lorsqu'on ouvre leurs tombeaux, il s'en échappe
des odeurs suaves.

Puis, en face des saints, voici les diables, les diables innombrables. « Ilz vollerent souvent environ nous comme mousches et remplissent lair sans nombre. Lair est aussi plein de dyables et de mauvais esperitz : comme le ray du soleil est plein de athomes cest pouldre menue. » Et la bataille s'engage, éternelle. Toujours les saints sont victorieux, et toujours ils doivent recommencer la victoire. Plus on chasse de diables, plus il en revient. On en compte six mille six cent soixante-six dans le corps d'une seule femme, que Fortunat délivre. Ils s'agitent, ils parlent et crient par la voix des possédés, dont ils secouent les flancs d'une tempête. Ils entrent en eux par le nez, par les oreilles, par la bouche, et ils en sortent avec des rugissements, après des jours d'effroyables luttes. À chaque détour des routes, un possédé se vautre, un saint qui passe livre bataille. Basile, pour sauver un jeune homme, se bat corps à corps. Pendant toute une nuit, Macaire, couché parmi des tombeaux, est assailli et se défend. Les anges eux-mêmes, au chevet des morts, en sont réduits, pour avoir les âmes, à rouer les démons de coups. D'autres fois, ce ne sont que des assauts d'intelligence et d'esprit. On plaisante, on joue au plus fin, l'apôtre Pierre et Simon le Magicien luttent de miracles. Satan, qui rôde, revêt toutes les formes, se déguise en femme, va jusqu'à prendre la ressemblance des saints. Mais, dès qu'il est vaincu, il apparaît dans sa laideur : « Ung chat noir, plus grant que ung chien, les yeulx gros et flamboyants, la langue longue jusques au nombril large et sanglante, la queue torse et levée en hault en demonstrant son derrière duquel il yssoit horrible punaisie. » Il est l'unique préoccupation, la grande haine. On en a peur et on le raille. On n'est pas même honnête avec lui. Au fond, malgré l'appareil féroce de ses chaudières, il reste l'éternelle dupe. Tous les pactes qu'il passe lui sont arrachés par la violence ou la ruse. Des femmes débiles le terrassent, Marguerite lui écrase la tête de son pied, Julienne lui crève les flancs à coups de chaîne. Une sérénité s'en dégage, un dédain du mal puisqu'il est impuissant, une certitude du bien puisque la vertu est souveraine. Il suffit de se signer, le diable ne peut rien, hurle et disparaît. Quand une vierge fait le signe de la croix, tout l'enfer croule.

Alors, dans ce combat des saints et des saintes contre Satan, se déroulent les effroyables supplices des persécutions. Les bourreaux exposent aux mouches les martyrs enduits de miel ; les font marcher pieds nus sur du verre cassé et sur des charbons ardents ; les descendent dans des fosses avec des reptiles ; les flagellent à coups de fouets munis de boules de plomb ; les clouent vivants dans des cercueils, qu'ils jettent à la mer ; les pendent par les cheveux, puis les allument ; arrosent leurs plaies de chaux vive, de poix bouillante, de plomb fondu ; les assoient sur des sièges de bronze chauffés à blanc ; leur enfoncent autour du crâne des casques rougis ; leur brûlent les flancs avec des torches, rompent les cuisses sur des enclumes, arrachent les yeux, coupent la langue, cassent les doigts l'un après l'autre. Et la souffrance ne compte pas, les saints restent pleins de mépris, ont une hâte, une allégresse à souffrir davantage. Un continuel miracle d'ailleurs les protège, ils fatiguent les bourreaux. Jean boit du poison et n'en est pas incommodé. Sébastien sourit, hérissé de flèches. D'autres fois, les flèches restent suspendues en l'air, à droite et à gauche du martyr ; ou, lancées par l'archer, elles reviennent sur elles-mêmes et lui crèvent les yeux. Ils boivent le plomb fondu comme de l'eau glacée. Des lions se prosternent et lèchent leurs mains, ainsi que des agneaux. Le gril de saint Laurent lui est d'une fraîcheur agréable. Il crie : « Malheure, tu as rosty une partie, retourne lautre et puis mengeue, car elle est assez rostie. » Cécile, mise en un bain tout bouillant, « estoit la tout ainsi comme en ung froit lieu et ne sentit onc ung peu de sueur ». Christine déconcerte les supplices : son père la fait battre par douze hommes qui succombent de fatigue ; un autre bourreau lui succède, l'attache sur une roue, allume du feu dessous, et la flamme s'étend, dévore quinze cents personnes ; il la jette à la mer, une pierre au col, mais les anges la soutiennent, Jésus vient la baptiser en personne, puis la confie à saint Michel pour qu'il la ramène à terre ; un autre bourreau enfin l'enferme avec des vipères qui s'enroulent d'une caresse à sa gorge, la laisse cinq jours dans un four, où elle chante, sans éprouver aucun mal. Vincent, qui en subit plus encore, ne parvient pas à souffrir : on lui rompt les membres ; on lui déchire les côtes avec des peignes de fer jusqu'à ce que les entrailles sortent ; on le larde d'aiguilles ; on le jette sur un brasier que ses plaies inondent de sang ; on le remet en prison, les pieds cloués contre un poteau ; et, dépecé, rôti, le ventre ouvert, il vit toujours ; et ses tortures sont changées en suavité de fleurs, une grande lumière emplit le cachot, des anges chantent avec lui, sur une couche de roses. « Le doulx son du chant et de la souefve odeur des fleurs se estendit par dehors, et quand les gardes eurent veu, ils se convertirent à la foy, et quant Dacien ouyt ceste chose, il fut tout forcene et dist : Que luy ferons nous plus, nous sommes vaincus. » Tel est le cri des tourmenteurs, cela ne peut finir que par leur conversion ou par leur mort. Leurs mains sont frappées de paralysie. Ils périssent violemment, des arêtes de poisson les étranglent, des coups de foudre les écrasent, leurs chars se brisent. Et les cachots des saints resplendissent tous, Marie et les apôtres y pénètrent à l'aise, au travers des murs. Des secours continuels, des apparitions descendent du ciel ouvert, où Dieu se montre, tenant une couronne de pierreries. Aussi la mort est-elle joyeuse, ils la défient, les parents se réjouissent, lorsqu'un des leurs succombe. Sur le mont Ararat, dix mille crucifiés expirent. Près de Cologne, les onze mille vierges se font massacrer par les Huns. Dans les cirques, les os craquent sous la dent des bêtes. À trois ans, Quirique, que le Saint-Esprit fait parler comme un homme, souffre le martyre. Des enfants à la mamelle injurient les bourreaux. Un dédain, un dégoût de la chair, de la loque humaine, aiguise la douleur d'une volupté céleste. Qu'on la déchire, qu'on la broie, qu'on la brûle, cela est bon ; encore

et encore, jamais elle n'agonisera assez ; et ils ap-
pellent tous le fer, l'épée dans la gorge, qui seule
les tue. Eulalie, sur son bûcher, au milieu d'une
populace aveugle qui l'outrage, aspire la flamme
pour mourir plus vite. Dieu l'exauce, une colombe
blanche sort de sa bouche et monte au ciel.

À ces lectures, Angélique s'émerveillait. Tant
d'abominations et cette joie triomphale la ravissaient d'aise, au-dessus du réel. Mais d'autres
coins de la Légende, plus doux, l'amusaient aussi,
les bêtes par exemple, toute l'arche qui s'y agite.
Elle s'intéressait aux corbeaux et aux aigles char-
gés de nourrir les ermites. Puis, que de belles histoires sur les lions ! le lion serviable qui creuse la
fosse de Marie l'Égyptienne ; le lion flamboyant
qui garde la porte des vilaines maisons, lorsque
les pronconsuls y font conduire les vierges ; et
encore le lion de Jérôme, à qui l'on a confié un
âne, qui le laisse voler, puis qui le ramène. Il y
avait aussi le loup, frappé de contrition, rappor-
tant un pourceau dérobé. Bernard excommunie
les mouches, lesquelles tombent mortes. Remi et
Blaise nourrissent les oiseaux à leur table, les bé-
nissent et leur rendent la santé. François, « plein
de tresgrande simplesse columbine », les prêche,
les exhorte à aimer Dieu. « Ung oyseau qui se
nomme cigale estoit en ung figuier, et François
tendit sa main et appela celluy oyseau, et tantost
il obeyt et vint sur sa main. Et il luy deist chante,
ma seur et loue nostre seigneur. Et adoncques
chanta incontinent, et ne sen alla devant quelle
eust congé. » C'était là, pour Angélique, un continuel sujet de récréation qui lui donnait l'idée

d'appeler les hirondelles, curieuse de voir si elles viendraient. Ensuite, il y avait des histoires qu'elle ne pouvait relire sans être malade, tant elle riait. Christophe, le bon géant, qui porta Jésus, l'égayait aux larmes. Elle étouffait, à la mésaventure du gouverneur avec les trois chambrières d'Anastasie, quand il va les trouver dans la cuisine et qu'il baise les poêles et les chaudrons, en croyant les embrasser. « Il yssit dehors tresnoir et treslaid et ses vestemens desrompus. Et quand ses serviteurs qui lattendoient dehors le veirent ainsi attourné, si se penserent quil estoit tourné en dyable. Lors le batirent de verges et s'enfuyrent et le laisserent tout seul. » Mais où le fou rire la prenait, c'était lorsqu'on tapait sur le diable, Julienne surtout, qui, tentée par lui dans son cachot, lui administra une si extraordinaire raclée avec sa chaîne. « Lors commanda le prevost que Julienne fust amenée, et quant elle yssit elle trainoit le dyable après elle, et il pria disant : Ma dame Julienne, ne me faictes plus de mal. Si le traina ainsi par tout le marché, et après le jecta en une tresorde fosse. » Ou encore elle répétait aux Hubert, en brodant, des légendes plus intéressantes que des contes de fées. Elle les avait lues tant de fois, qu'elle les savait par cœur : la légende des Sept Dormants, qui, fuyant la persécution, murés dans une caverne, y dormirent trois cent soixante-dix-sept ans, et dont le réveil étonna si fort l'empereur Théodose ; la légende de saint Clément, des aventures sans fin, imprévues et attendrissantes, toute une famille, le père, la mère, les trois fils, séparés par de grands malheurs et finalement réunis, à travers les plus beaux miracles. Ses pleurs coulaient, elle en rêvait la nuit, elle ne vivait plus que dans ce monde tragique et triomphant du prodige, au pays surnaturel de toutes les vertus, récompensées de toutes les joies.

Peu d'objets éveillent,
comme le livre,
le sentiment d'absolue propriété.

DANIEL PENNAC

RAY BRADBURY

Fahrenheit 451[*]

« Qui est-ce ?

— Montag.

— Qu'est-ce que vous voulez ?

— Laissez-moi entrer.

— Je n'ai rien fait de mal !

— Je suis tout seul, bon sang !

— Vous me le jurez ?

— Je le jure ! »

La porte s'ouvrit lentement. Faber glissa un œil dans l'entrebâillement. Il avait l'air très vieux dans la lumière, très fragile et très effrayé. On aurait dit que le vieillard n'était pas sorti de chez lui depuis des lustres. Il présentait une ressemblance frappante avec les murs de plâtre blanc de sa maison. Il y avait du blanc dans la chair de ses lèvres et de ses joues, ses cheveux étaient blancs et le bleu vague de ses yeux décolorés tirait lui aussi sur le blanc. Puis son regard tomba sur le livre que Montag tenait sous le bras et il parut aussitôt moins vieux et moins fragile. Lentement, sa peur le quitta.

---

[*] Extrait de *Fahrenheit 451* (Folio SF n° 3).

« Excusez-moi. On est obligé d'être prudent. »

Il n'arrivait pas à détacher son regard du livre sous le bras de Montag. « C'est donc vrai », dit-il.

Montag franchit le seuil. La porte se referma.

« Asseyez-vous. » Faber recula, comme s'il craignait que le livre ne disparaisse s'il le quittait des yeux. Derrière lui, une porte était ouverte, donnant sur une pièce où tout un bric-à-brac d'appareils et d'outils en acier encombraient le dessus d'un bureau. Montag n'eut droit qu'à un aperçu avant que Faber, surprenant son regard, ne fasse volte-face pour refermer la porte, gardant une main tremblante sur la poignée. Il se retourna timidement vers Montag, à présent assis, le volume sur ses genoux. « Ce livre... où l'avez-vous... ?

— Je l'ai volé. »

Pour la première fois, Faber releva la tête et regarda Montag bien en face. « Vous êtes courageux.

— Non. Ma femme est en train de mourir. Une de mes amies est déjà morte. Une autre personne qui aurait pu être une amie a été brûlée il y a moins de vingt-quatre heures. Vous êtes la seule de mes connaissances qui puisse m'aider. À voir. À voir... »

Les mains de Faber se contractèrent sur ses genoux. « Vous permettez ?

— Excusez-moi. » Montag lui tendit le livre.

« Il y a tellement longtemps. Je ne suis pas croyant. Mais il y a tellement longtemps. » Faber tournait les pages, s'arrêtant de-ci de-là pour lire. « C'est aussi beau que dans mon souvenir. Seigneur, comme ils ont changé tout ça dans nos "salons" aujourd'hui. Le Christ fait partie de la "famille" maintenant. Je me demande souvent si Dieu reconnaît Son propre fils vu la façon dont on l'a accoutré... ou accablé. C'est une parfaite sucette à la menthe maintenant, tout sucre cristallisé et saccharine, quand il ne fait pas allusion à certains produits commerciaux dont ses adorateurs ne *sauraient* se passer. » Faber renifla le volume. « Savez-vous que les livres sentent la muscade ou je ne sais quelle épice exotique ? J'aimais les humer lorsque j'étais enfant. Seigneur, il y avait des tas de jolis livres autrefois, avant que nous les laissions disparaître. » Faber tournait les pages. « Monsieur Montag, c'est un lâche que vous avez en face de vous. J'ai vu où on allait, il y a longtemps de ça. Je n'ai rien dit. Je suis un de ces innocents qui auraient pu élever la voix quand personne ne voulait écouter les "coupables", mais je n'ai pas parlé et suis par conséquent devenu moi-même coupable. Et lorsque en fin de compte les autodafés de livres ont été institutionnalisés et les pompiers reconvertis, j'ai grogné deux ou trois fois et je me suis tu, car il n'y avait alors plus personne pour grogner ou brailler avec moi. Maintenant il est trop tard. » Faber referma la Bible. « Bon... et si vous me disiez ce qui vous amène ?

— Personne n'écoute plus. Je ne peux pas parler aux murs parce qu'ils me hurlent après. Je ne peux pas parler à ma femme ; elle écoute les *murs*. Je veux simplement quelqu'un qui écoute ce que j'ai à dire. Et peut-être que si je parle assez longtemps, ça finira par tenir debout. Et je veux que vous m'appreniez à comprendre ce que je lis. »

Faber examina le visage mince, les joues bleuâtres de Montag. « Qu'est-ce qui vous a tourneboulé ? Qu'est-ce qui a fait tomber la torche de vos mains ?

— Je ne sais pas. On a tout ce qu'il faut pour être heureux, mais on ne l'est pas. Il manque quelque chose. J'ai regardé autour de moi. La seule chose dont je tenais la disparition pour certaine, c'étaient les livres que j'avais brûlés en dix ou douze ans. J'ai donc pensé que les livres pouvaient être de quelque secours.

— Quel incorrigible romantique vous faites ! Ce serait drôle si ce n'était pas si grave. Ce n'est pas de livres que vous avez besoin, mais de ce qu'il y avait autrefois dans les livres. De ce qu'il *pourrait* y avoir aujourd'hui dans les "familles" qui hantent nos salons. Télévisions et radios pourraient transmettre la même profusion de détails et de savoir, mais ce n'est pas le cas. Non, non, ce ne sont nullement les livres que vous recherchez ! Cela, prenez-le où vous pouvez le trouver, dans les vieux disques, les vieux films, les vieux amis ; cherchez-le dans la nature et en vous-même. Les livres n'étaient qu'un des nombreux types de réceptacles destinés à conserver ce que nous avions peur d'oublier. Ils n'ont absolument rien de magique. Il n'y a de magie que dans ce qu'ils disent, dans la façon dont ils cousent les pièces et les morceaux de l'univers pour nous en faire un vêtement. Bien entendu, vous ne pouviez pas le savoir, et vous ne pouvez pas encore comprendre ce que je veux dire par là. Mais votre intuition est correcte, c'est ce qui compte. En fait, il nous manque trois choses.

« Un : Savez-vous pourquoi des livres comme celui-ci ont une telle importance ? Parce qu'ils ont de la qualité. Et que signifie le mot qualité ? Pour moi, ça veut dire texture. Ce livre a des *pores*. Il a des traits. Vous pouvez le regarder au microscope. Sous le verre vous trouverez la vie en son infini foisonnement. Plus il y a de pores, plus il y a de détails directement empruntés à la vie par centimètre carré de papier, plus vous êtes dans la "littérature". C'est du moins *ma* définition. *Donner des détails*. Des détails pris sur le vif. Les bons écrivains touchent souvent la vie du doigt. Les médiocres ne font que l'effleurer. Les mauvais la violent et l'abandonnent aux mouches.

« Est-ce que vous voyez maintenant d'où viennent la haine et la peur des livres ? Ils montrent les pores sur le visage de la vie. Les gens installés dans leur tranquillité ne veulent que des faces de lune bien lisses, sans pores, sans poils, sans expression. Nous vivons à une époque où les fleurs essaient de vivre sur les fleurs, au lieu de se nourrir de bonne pluie et de terreau bien noir. Même les feux d'artifice, si jolis soient-ils, résultent d'une chimie qui prend sa source dans la terre. Et pourtant, d'une manière ou d'une autre, nous nous croyons capables de croître à grands renforts de fleurs et de feux d'artifice, sans accomplir le cycle qui nous ramène à la réalité. Connaissez-vous la légende d'Hercule et d'Antée, le lutteur géant dont la force était incroyable tant qu'il gardait les pieds fixés au sol ? Une fois soulevé de terre par Hercule, privé de ses racines, il succomba facilement. Si cette légende n'a rien à nous dire aujourd'hui, dans cette ville, à notre époque, c'est que j'ai perdu la raison. Voilà la première chose dont je disais que nous avions besoin. La qualité, la texture de l'information.

— Et la seconde ?

— Le loisir.

— Oh, mais nous avons plein de temps libre !

— Du temps libre, oui. Mais du temps pour réfléchir ? Si vous ne conduisez pas à cent cinquante à l'heure, une vitesse à laquelle vous ne pouvez penser à rien d'autre qu'au danger, vous jouez à je ne sais quoi ou restez assis dans une pièce où il vous est impossible de discuter avec les quatre murs du téléviseur. Pourquoi ? Le téléviseur est "réel". Il est là, il a de la dimension. Il vous dit quoi penser, vous le hurle à la figure. Il *doit* avoir raison, tant il *paraît* avoir raison. Il vous précipite si vite vers ses propres conclusions que votre esprit n'a pas le temps de se récrier : "Quelle idiotie !"

— Sauf que la "famille", ce sont des "gens".

— Je vous demande pardon ?

— Ma femme dit que les livres ne sont pas "réels".

— Dieu merci ! Vous pouvez les refermer et dire : "Pouce !" Vous jouez au dieu en la circonstance. Mais qui s'est jamais arraché aux griffes qui vous enserrent quand on sème une graine dans un salon-télé ? Celui-ci vous façonne à son gré. Il constitue un environnement aussi réel que le monde. Il *devient*, il *est* la vérité. On peut rabattre son caquet à un livre par la raison. Mais en dépit de tout mon savoir et de tout mon scepticisme, je n'ai jamais été capable de discuter avec un orchestre symphonique de cent instruments, en technicolor et trois dimensions, dans un de ces incroyables salons dont on fait partie intégrante. Comme vous pouvez le constater, mon salon n'est fait que de quatre murs de plâtre. Et tenez. » Il brandit deux petits bouchons en caoutchouc. « Pour mes oreilles quand je prends le métro-express.

— Dentifrice Denham ; ils ne peinent ni ne s'agitent, récita Montag, les yeux fermés. Où cela nous mène ? Est-ce que les livres peuvent nous aider ?

— Seulement si le troisième élément nécessaire nous est donné. Un, comme j'ai dit, la qualité de l'information. Deux : le loisir de l'assimiler. Et trois : le droit d'accomplir des actions fondées sur ce que nous apprend l'interaction des deux autres éléments. Et je doute fort qu'un vieillard et un pompier aigri puissent faire grand-chose au point où en est la partie...

— Je peux *trouver* des livres.

— C'est risqué.

— C'est le bon côté de la mort ; quand on n'a rien à perdre, on est prêt à courir tous les risques.

— Là, vous venez de dire une chose intéressante, dit Faber en riant. Sans l'avoir lue nulle part !

— On trouve ça dans les livres ? Ça m'est pourtant venu comme ça !

— À la bonne heure. Ce n'était calculé ni pour moi ni pour personne, pas même pour vous. »

Montag se pencha en avant. « Cet après-midi, je me suis dit que si les livres avaient *vraiment* de la valeur, on pourrait peut-être dénicher une presse et en réimprimer quelques-uns... »

DAI SIJIE

Balzac et la Petite Tailleuse chinoise[*]

À notre retour, le Binoclard nous passa un livre, mince, usé, un livre de Balzac.

« Ba-er-za-ke ». Traduit en chinois, le nom de l'auteur français formait un mot de quatre idéogrammes. Quelle magie que la traduction ! Soudain, la lourdeur des deux premières syllabes, la résonance guerrière et agressive dotée de ringardise de ce nom disparaissaient. Ces quatre caractères, très élégants, dont chacun se composait de peu de traits, s'assemblaient pour former une beauté inhabituelle, de laquelle émanait une saveur exotique, sensuelle, généreuse comme le parfum envoûtant d'un alcool conservé depuis des siècles dans une cave. (Quelques années plus tard, j'appris que le traducteur était un grand écrivain, auquel on avait interdit, pour des raisons politiques, de publier ses propres œuvres, et qui avait passé sa vie à traduire celles d'auteurs français.)

* Extrait de *Balzac et la Petite Tailleuse chinoise* (Folio n° 3565).

Le Binoclard hésita-t-il longtemps avant de choisir de nous prêter ce livre ? Le pur hasard conduisit-il sa main ? Ou bien le prit-il tout simplement parce que, dans sa valise aux précieux trésors, c'était le livre le plus mince, dans le pire état ? La mesquinerie guida-t-elle son choix ? Un choix dont la raison nous resta obscure, et qui bouleversa notre vie, ou du moins la période de notre rééducation, dans la montagne du Phénix du Ciel.

Ce petit livre s'appelait *Ursule Mirouët*.

Luo le lut dans la nuit même où le Binoclard nous le passa, et le termina au petit matin. Il éteignit alors la lampe à pétrole, et me réveilla pour me tendre l'ouvrage. Je restai au lit jusqu'à la tombée de la nuit, sans manger, ni faire rien d'autre que de rester plongé dans cette histoire française d'amour et de miracles.

Imaginez un jeune puceau de dix-neuf ans, qui somnolait encore dans les limbes de l'adolescence, et n'avait jamais connu que les bla-bla révolutionnaires sur le patriotisme, le communisme, l'idéologie et la propagande. Brusquement, comme un intrus, ce petit livre me parlait de l'éveil du désir, des élans, des pulsions, de l'amour, de toutes ces choses sur lesquelles le monde était, pour moi, jusqu'alors demeuré muet.

Malgré mon ignorance totale de ce pays nommé la France (j'avais quelquefois entendu le nom de Napoléon dans la bouche de mon père, et c'était tout), l'histoire d'Ursule me parut aussi vraie que celle de mes voisins. Sans doute, la sale affaire de succession et d'argent qui tombait sur la tête de cette jeune fille contribuait-elle à renforcer son authenticité, à augmenter le pouvoir des mots. Au bout d'une journée, je me sentais chez moi à Nemours, dans sa maison, près de la cheminée fumante, en compagnie de ces docteurs, de ces curés... Même la partie sur le magnétisme et le somnambulisme me semblait crédible et délicieuse.

Je ne me levai qu'après en avoir lu la dernière page. Luo n'était pas encore rentré. Je me doutais qu'il s'était précipité dès le matin sur le sentier, pour se rendre chez la Petite Tailleuse et lui raconter cette jolie histoire de Balzac. Un moment, je restai debout sur le seuil de notre maison sur pilotis, à manger un morceau de pain de maïs en contemplant la silhouette sombre de la montagne qui nous faisait face. La distance était trop grande pour que je pusse distinguer les lueurs du village de la Petite Tailleuse. J'imaginais comment Luo lui racontait l'histoire, et je me sentis soudain envahi par un sentiment de jalousie, amer, dévorant, inconnu.

Il faisait froid, je frissonnais dans ma courte veste en peau de mouton. Les villageois mangeaient, dormaient ou menaient des activités secrètes dans le noir. Mais là, devant ma porte, on n'entendait rien. D'habitude, je profitais de ce calme qui régnait dans la montagne pour faire des exercices au violon, mais à présent, il me semblait déprimant. Je retournai dans la chambre. J'essayai de jouer du violon, mais il rendit un son aigu, désagréable, comme si quelqu'un avait bousculé les gammes. Soudain, je sus ce que je voulais faire.

Je décidai de copier mot à mot mes passages préférés d'*Ursule Mirouët*. C'était la première fois de ma vie que j'avais envie de recopier un livre. Je cherchai du papier partout dans la chambre, mais ne pus trouver que quelques feuilles de papier à lettres, destinées à écrire à nos parents.

Je choisis alors de copier le texte directement sur la peau de mouton de ma veste. Celle-ci, que les villageois m'avaient offerte lors de mon arrivée, présentait un pêle-mêle de poils de mouton, tantôt longs, tantôt courts, à l'extérieur, et une peau nue à l'intérieur. Je passai un long moment à choisir le texte, à cause de la superficie limitée de ma veste, dont la peau, par endroits, était abîmée, crevassée. Je recopiai le chapitre où Ursule voyage en somnambule. J'aurais voulu être comme elle : pouvoir, endormi sur mon lit, voir ce que ma mère faisait dans notre appartement, à cinq cents kilomètres de distance, assister au dîner de mes parents, observer leurs attitudes, les détails de leur repas, la couleur de leurs assiettes, sentir l'odeur de leurs plats, les entendre converser... Mieux encore, comme Ursule, j'aurais vu, en rêvant, des endroits où je n'avais jamais mis les pieds...

Écrire au stylo sur la peau d'un vieux mouton des montagnes n'était pas facile : elle était mate, rugueuse et, pour copier le plus de texte possible dessus, il fallait adopter une écriture minimaliste, ce qui exigeait une concentration hors normes. Lorsque je finis de barbouiller de texte toute la surface de la peau, jusqu'aux manches, j'avais si mal aux doigts qu'on aurait dit qu'ils étaient cassés. Enfin, je m'endormis.

Le bruit des pas de Luo me réveilla ; il était trois heures du matin. Il me semblait que je n'avais pas dormi longtemps, puisque la lampe à pétrole brûlait toujours. Je le vis vaguement entrer dans la chambre.

— Tu dors ?

— Pas vraiment.

— Lève-toi, que je te montre quelque chose.

Il ajouta de l'huile dans le réservoir et, quand la mèche fut en pleine combustion, il prit la lampe dans sa main gauche, approcha de mon lit et s'assit sur le bord, l'œil en feu, les cheveux hérissés en tous sens. De la poche de sa veste, il tira un carré de tissu blanc, bien plié.

— Je vois. La Petite Tailleuse t'a offert un mouchoir.

Il ne répondit rien. Mais à mesure qu'il dépliait lentement le tissu, je reconnus le pan d'une chemise déchirée, ayant sans doute appartenu à la Petite Tailleuse, sur lequel une pièce était cousue à la main.

Plusieurs feuilles d'arbre racornies y étaient enveloppées. Toutes présentaient la même jolie forme, en ailes de papillon, dans des tons allant de l'orangé soutenu au brun mêlé de jaune d'or clair, mais toutes étaient maculées de taches noires de sang.

— Ce sont des feuilles de ginkgo, me dit Luo d'une voix fébrile. Un grand arbre magnifique, planté au fond d'une vallée secrète, à l'est du

village de la Petite Tailleuse. Nous avons fait
l'amour debout, contre le tronc. Elle était vierge,
et son sang a coulé par terre, sur les feuilles.

Je restai sans voix, durant un moment. Lorsque
je parvins à reconstituer dans ma tête l'image de
l'arbre, la noblesse de son tronc, l'ampleur de son
ramage, et ses jonchées de feuilles, je lui de-
mandai :

— Debout ?

— Oui, comme les chevaux. C'est peut-être
pour ça qu'elle a ri après, d'un rire si fort, si
sauvage, qui résonna si loin dans la vallée, que
même les oiseaux s'envolèrent, effrayés.

*

Après nous avoir ouvert les yeux, *Ursule Mirouët*
fut rendu dans le délai fixé à son propriétaire en
titre, le Binoclard sans lunettes. Nous avions
caressé l'illusion qu'il nous prêterait les autres
livres cachés dans sa valise secrète, en échange
des durs travaux, physiquement insupportables,
que nous faisions pour lui.

Mais il ne le voulut plus. Nous allions souvent
chez lui, lui porter de la nourriture, lui faire la
cour, lui jouer du violon... L'arrivée de nouvelles
lunettes, envoyées par sa mère, le délivra de sa
semi-cécité, et marqua la fin de nos illusions.

Comme nous regrettions de lui avoir rendu le
livre. « On aurait dû le garder, répétait souvent
Luo. Je l'aurais lu, page par page, à la Petite
Tailleuse. Cela l'aurait rendue plus raffinée, plus
cultivée, j'en suis convaincu. »

À l'en croire, c'était la lecture de l'extrait copié sur la peau de ma veste qui lui avait donné cette idée. Un jour de repos, Luo, avec lequel j'échangeais fréquemment mes vêtements, emprunta ma veste de peau pour aller retrouver la Petite Tailleuse sur le lieu de leurs rendez-vous, le ginkgo de la vallée de l'amour. « Après que je lui ai lu le texte de Balzac mot à mot, me raconta-t-il, elle a pris ta veste, et l'a relu toute seule, en silence. On n'entendait que les feuilles grelotter au-dessus de nous, et un torrent lointain couler quelque part. Il faisait beau, le ciel était bleu, un bleu d'azur paradisiaque. À la fin de sa lecture, elle est restée la bouche ouverte, immobile, ta veste au creux des mains, à la manière de ces croyants qui portent un objet sacré entre leurs paumes.

« Ce vieux Balzac, continua-t-il, est un véritable sorcier qui a posé une main invisible sur la tête de cette fille ; elle était métamorphosée, rêveuse, a mis quelques instants avant de revenir à elle, les pieds sur terre. Elle a fini par mettre ta foutue veste, ça ne lui allait pas mal d'ailleurs, et elle m'a dit que le contact des mots de Balzac sur sa peau lui apporterait bonheur et intelligence... »

La réaction de la Petite Tailleuse nous fascina tant que nous regrettâmes encore plus d'avoir rendu le livre. Mais il nous fallut attendre le début de l'été pour que se présentât une nouvelle occasion.

JORIS-KARL HUYSMANS

À *rebours**

Durant les jours qui suivirent son retour, des Esseintes considéra ses livres, et à la pensée qu'il aurait pu se séparer d'eux pendant longtemps, il goûta une satisfaction aussi effective que celle dont il eût joui s'il les avait retrouvés, après une sérieuse absence. Sous l'impulsion de ce sentiment, ces objets lui semblèrent nouveaux, car il perçut en eux des beautés oubliées depuis l'époque où il les avait acquis.

Tout, volumes, bibelots, meubles, prit à ses yeux un charme particulier ; son lit lui parut plus moelleux, en comparaison de la couchette qu'il aurait occupée à Londres ; le discret et silencieux service de ses domestiques l'enchanta, fatigué qu'il était, par la pensée, de la loquacité bruyante des garçons d'hôtel ; l'organisation méthodique de sa vie lui fit l'effet d'être plus enviable, depuis que le hasard des pérégrinations devenait possible.

Il se retrempa dans ce bain de l'habitude auquel d'artificiels regrets insinuaient une qualité plus roborative et plus tonique.

* Extrait de À *rebours* (Folio n° 898).

Mais ses volumes le préoccupèrent principalement. Il les examina, les rangea à nouveau sur les rayons, vérifiant si, depuis son arrivée à Fontenay, les chaleurs et les pluies n'avaient point endommagé leurs reliures et piqué leurs papiers rares.

Il commença par remuer toute sa bibliothèque latine, puis il disposa dans un nouvel ordre les ouvrages spéciaux d'Archélaüs, d'Albert le Grand, de Lulle, d'Arnaud de Villanova traitant de kabbale et de sciences occultes ; enfin il compulsa, un à un, ses livres modernes, et joyeusement il constata que tous étaient demeurés, au sec, intacts.

Cette collection lui avait coûté de considérables sommes ; il n'admettait pas, en effet, que les auteurs qu'il choyait fussent, dans sa bibliothèque, de même que dans celles des autres, gravés sur du papier de coton, avec les souliers à clous d'un Auvergnat.

À Paris, jadis, il avait fait composer, pour lui seul, certains volumes que des ouvriers spécialement embauchés, tiraient aux presses à bras ; tantôt il recourait à Perrin de Lyon dont les sveltes et purs caractères convenaient aux réimpressions archaïques des vieux bouquins ; tantôt il faisait venir d'Angleterre ou d'Amérique, pour la confection des ouvrages du présent siècle, des lettres neuves ; tantôt encore il s'adressait à une maison de Lille qui possédait, depuis des siècles, tout un jeu de corps gothiques ; tantôt enfin, il réquisitionnait l'ancienne imprimerie Enschedé,

de Haarlem, dont la fonderie conserve les poin-
çons et les frappes des caractères dits de civilité.

Et il avait agi de même pour ses papiers. Las,
un beau jour, des chines argentés, des japons
nacrés et dorés, des blancs whatmans, des hol-
landes bis, des turkeys et des seychal-mills teints
en chamois, et dégoûté aussi par les papiers fabri-
qués à la mécanique, il avait commandé des
vergés à la forme, spéciaux, dans les vieilles ma-
nufactures de Vire où l'on se sert encore des
pilons naguère usités pour broyer le chanvre. Afin
d'introduire un peu de variété dans ses collections
il s'était, à diverses reprises, fait expédier de
Londres, des étoffes apprêtées, des papiers à poils,
des papiers reps et, pour aider à son dédain des
bibliophiles, un négociant de Lübeck lui pré-
parait un papier à chandelle perfectionné, bleuté,
sonore, un peu cassant, dans la pâte duquel les
fétus étaient remplacés par des paillettes d'or
semblables à celles qui pointillent l'eau-de-vie de
Dantzick.

Il s'était procuré, dans ces conditions, des livres
uniques, adoptant des formats inusités qu'il faisait revêtir par Lortic, par Trautz-Bauzonnet, par
Chambolle, par les successeurs de Capé, d'irrépro-
chables reliures en soie antique, en peau de bœuf
estampée, en peau de bouc du Cap, des reliures
pleines, à compartiments et à mosaïques, dou-
blées de tabis ou de moire, ecclésiastiquement
ornées de fermoirs et de coins, parfois même
émaillées par Gruel-Engelmann d'argent oxydé et
d'émaux lucides.

Il s'était fait ainsi imprimer, avec les admirables lettres épiscopales de l'ancienne maison Le Clerc, les œuvres de Baudelaire dans un large format rappelant celui des missels, sur un feutre très léger du Japon, spongieux, doux comme une moelle de sureau et imperceptiblement teinté, dans sa blancheur laiteuse, d'un peu de rose. Cette édition, tirée à un exemplaire d'un noir velouté d'encre de Chine, avait été vêtue en dehors et recouverte en dedans d'une mirifique et authentique peau de truie choisie entre mille, couleur chair, toute piquetée à la place de ses poils et ornée de dentelles noires au fer froid, miraculeusement assorties par un grand artiste.

Ce jour-là, des Esseintes ôta cet incomparable livre de ses rayons et il le palpait dévotement, relisant certaines pièces qui lui semblaient, dans ce simple mais inestimable cadre, plus pénétrantes que de coutume.

Son admiration pour cet écrivain était sans borne. Selon lui, en littérature, on s'était jusqu'alors borné à explorer les superficies de l'âme ou à pénétrer dans ses souterrains accessibles et éclairés, relevant, çà et là, les gisements des péchés capitaux, étudiant leurs filons, leur croissance, notant, ainsi que Balzac, par exemple, les stratifications de l'âme possédée par la monomanie d'une passion, par l'ambition, par l'avarice, par la bêtise paternelle, par l'amour sénile.

C'était, au demeurant, l'excellente santé des vertus et des vices, le tranquille agissement des cervelles communément conformées, la réalité pratique des idées courantes, sans idéal de maladive dépravation, sans au-delà ; en somme, les découvertes des analystes s'arrêtaient aux spéculations mauvaises ou bonnes, classifiées par l'Église ; c'était la simple investigation, l'ordinaire surveillance d'un botaniste qui suit de près le développement prévu de floraisons normales plantées dans de la naturelle terre.

Baudelaire était allé plus loin ; il était descendu jusqu'au fond de l'inépuisable mine, s'était engagé à travers des galeries abandonnées ou inconnues, avait abouti à ces districts de l'âme où se ramifient les végétations monstrueuses de la pensée.

Là, près de ces confins où séjournent les aberrations et les maladies, le tétanos mystique, la fièvre chaude de la luxure, les typhoïdes et les vomitos du crime, il avait trouvé, couvant sous la morne cloche de l'Ennui, l'effrayant retour d'âge des sentiments et des idées.

Il avait révélé la psychologie morbide de l'esprit qui a atteint l'octobre de ses sensations ; raconté les symptômes des âmes requises par la douleur, privilégiées par le spleen ; montré la carie grandissante des impressions, alors que les enthousiasmes, les croyances de la jeunesse sont taris, alors qu'il ne reste plus que l'aride souvenir des misères supportées, des intolérances subies, des froissements encourus, par des intelligences qu'opprime un sort absurde.

Il avait suivi toutes les phases de ce lamentable automne, regardant la créature humaine, docile à s'aigrir, habile à se frauder, obligeant ses pensées à tricher entre elles, pour mieux souffrir, gâtant d'avance, grâce à l'analyse et à l'observation, toute joie possible.

Puis, dans cette sensibilité irritée de l'âme, dans cette férocité de la réflexion qui repousse la gênante ardeur des dévouements, les bienveillants outrages de la charité, il voyait, peu à peu surgir l'horreur de ces passions âgées, de ces amours mûres, où l'un se livre encore quand l'autre se tient déjà en garde, où la lassitude réclame aux couples des caresses filiales dont l'apparente juvénilité paraît neuve, des candeurs maternelles dont la douceur repose et concède, pour ainsi dire, les intéressants remords d'un vague inceste.

En de magnifiques pages il avait exposé ses amours hybrides, exaspérées par l'impuissance où elles sont de se combler, ces dangereux mensonges des stupéfiants et des toxiques appelés à l'aide pour endormir la souffrance et mater l'ennui. À une époque où la littérature attribuait presque exclusivement la douleur de vivre aux malchances d'un amour méconnu ou aux jalousies de l'adultère, il avait négligé ces maladies infantiles et sondé ces plaies plus incurables, plus vivaces, plus profondes, qui sont creusées par la satiété, la désillusion, le mépris, dans les âmes en ruine que le présent torture, que le passé répugne, que l'avenir effraye et désespère.

Et plus des Esseintes relisait Baudelaire, plus il reconnaissait un indicible charme à cet écrivain qui, dans un temps où le vers ne servait plus qu'à peindre l'aspect extérieur des êtres et des choses, était parvenu à exprimer l'inexprimable, grâce à une langue musculeuse et charnue, qui, plus que toute autre, possédait cette merveilleuse puissance de fixer avec une étrange santé d'expressions, les états morbides les plus fuyants, les plus tremblés, des esprits épuisés et des âmes tristes.

Après Baudelaire le nombre était assez restreint, des livres français rangés sur ses rayons. Il était assurément insensible aux œuvres sur lesquelles il est d'un goût adroit de se pâmer. « Le grand rire de Rabelais » et « le solide comique de Molière » ne réussissaient pas à le dérider, et son antipathie envers ces farces allait même assez loin pour qu'il ne craignît pas de les assimiler, au point de vue de l'art, à ces parades des bobèches qui aident à la joie des foires.

En fait de poésies anciennes, il ne lisait guère que Villon, dont les mélancoliques ballades le touchaient et, çà et là, quelques morceaux de d'Aubigné qui lui fouettaient le sang avec les incroyables virulences de leurs apostrophes et de leurs anathèmes.

En prose, il se souciait fort peu de Voltaire et de Rousseau, voire même de Diderot, dont les « Salons » tant vantés lui paraissaient singulièrement remplis de fadaises morales et d'aspirations jobardes ; en haine de tous ces fatras, il se confinait presque exclusivement dans la lecture de l'éloquence chrétienne, dans la lecture de Bourdaloue et de Bossuet dont les périodes sonores et parées lui imposaient ; mais, de préférence encore, il savourait ces moelles condensées en de sévères et fortes phrases, telles que les façonnèrent Nicole, dans ses pensées, et surtout Pascal, dont l'austère pessimisme, dont la douloureuse attrition lui allaient au cœur.

À part ces quelques livres, la littérature française commençait, dans sa bibliothèque, avec le siècle.

Elle se divisait en deux groupes ; l'un comprenait la littérature ordinaire, profane ; l'autre la littérature catholique, une littérature spéciale, à peu près inconnue, divulguée pourtant par de séculaires et d'immenses maisons de librairie, aux quatre coins du monde.

Il avait eu le courage d'errer parmi ces cryptes, et, ainsi que dans l'art séculier, il avait découvert, sous un gigantesque amas d'insipidités, quelques œuvres écrites par de vrais maîtres.

Le caractère distinctif de cette littérature, c'était la constante immuabilité de ses idées et de sa langue ; de même que l'Église avait perpétué la forme primordiale des objets saints, de même aussi, elle avait gardé les reliques de ses dogmes et pieusement conservé la châsse qui les enfermait, la langue oratoire du grand siècle. Ainsi que le déclarait même l'un de ses écrivains, Ozanam, le style chrétien n'avait que faire de la langue de Rousseau ; il devait exclusivement se servir du dialecte employé par Bourdaloue et par Bossuet.

En dépit de cette affirmation, l'Église, plus tolérante, fermait les yeux sur certaines expressions, sur certaines tournures empruntées à la langue laïque du même siècle, et l'idiome catholique s'était un peu dégorgé de ses phrases massives, alourdies, chez Bossuet surtout, par la longueur

de ses incidentes et par le pénible ralliement de
ses pronoms ; mais là s'étaient bornées les conces-
sions, et d'autres n'eussent sans doute mené à
rien, car, ainsi délestée, cette prose pouvait suffire
aux sujets restreints que l'Église se condamnait à
traiter.

Incapable de s'attaquer à la vie contemporaine,
de rendre visible et palpable l'aspect le plus
simple des êtres et des choses, inapte à expliquer
les ruses compliquées d'une cervelle indifférente
à l'état de grâce, cette langue excellait cependant
aux sujets abstraits ; utile dans la discussion d'une
controverse, dans la démonstration d'une théorie,
dans l'incertitude d'un commentaire, elle avait,
plus que toute autre aussi, l'autorité nécessaire
pour affirmer, sans discussion, la valeur d'une
doctrine.

Malheureusement, là comme partout, une in-
nombrable armée de cuistres avait envahi le sanctuaire et sali par son ignorance et son manque
de talent, sa tenue rigide et noble ; pour comble
de malchance, des dévotes s'en étaient mêlées et
de maladroites sacristies et d'imprudents salons
avaient exalté ainsi que des œuvres de génie, les
misérables bavardages de ces femmes.

MICHEL DE MONTAIGNE

Des livres[*]

Les difficultés, si j'en rencontre en lisant, je n'en ronge pas mes ongles ; je les laisse là, après leur avoir fait une charge ou deux.

Si je m'y plantais, je m'y perdrais, et le temps : car j'ai un esprit primesautier. Ce que je ne vois de la première charge, je le vois moins en m'y obstinant. Je ne fais rien sans gaieté ; et la continuation et la contention trop ferme éblouit mon jugement, l'attriste et le lasse. Ma vue s'y confond et s'y dissipe. Il faut que je le retire et que je l'y remette à secousses : tout ainsi que, pour juger du lustre de l'écarlate, on nous ordonne de passer les yeux par-dessus, en la parcourant à diverses vues, soudaines reprises et réitérées.

Si ce livre me fâche, j'en prends un autre ; et ne m'y adonne qu'aux heures où l'ennui de rien faire commence à me saisir. Je ne me prends guère aux nouveaux, pour ce que les anciens me semblent plus pleins et plus roides ; ni aux Grecs,

* Extrait des *Essais*, II (Folio n° 290).

parce que mon jugement ne sait pas faire ses besognes d'une puérile et apprentisse intelligence. [...]

Pour subvenir un peu à la trahison de ma mémoire et à son défaut, si extrême qu'il m'est advenu plus d'une fois de reprendre en main des livres comme récents et à moi inconnus, que j'avais lus soigneusement quelques années auparavant et barbouillés de mes notes, j'ai pris en coutume, depuis quelque temps, d'ajouter au bout de chaque livre (je dis de ceux desquels je ne me veux servir qu'une fois) le temps auquel j'ai achevé de le lire et le jugement que j'en ai retiré en gros, afin que cela me représente au moins l'air et idée générale que j'avais conçus de l'auteur en le lisant. Je veux ici transcrire aucunes de ces annotations.

Voici ce que je mis, il y a environ dix ans, en mon Guichardin (car, quelque langue que parlent mes livres, je leur parle en la mienne) : Il est historiographe diligent, et duquel, à mon avis, autant exactement que de nul autre, on peut apprendre la vérité des affaires de son temps : aussi en la plupart en a-t-il été acteur lui-même, et en rang honorable. Il n'y a aucune apparence que, par haine, faveur ou vanité, il ait déguisé les choses : de quoi font foi les libres jugements qu'il donne des grands, et notamment de ceux par lesquels il avait été avancé et employé aux charges, comme du pape Clément septième. Quant à la partie de quoi il semble se vouloir prévaloir le plus, qui sont ses digressions et discours, il y en a de bons et enrichis de beaux traits ; mais il s'y est trop plu : car, pour ne vouloir rien laisser à dire, ayant un sujet si plein et ample, et à peu près infini, il en devient lâche, et sentant un peu au caquet scolastique. J'ai aussi remarqué ceci, que de tant d'âmes et effets qu'il juge, de tant de mouvements et conseils, il n'en rapporte jamais un seul à la vertu, religion et conscience, comme si ces parties-là étaient du tout éteintes au monde ; et, de toutes les actions, pour belles par apparence qu'elles soient d'elles-mêmes, il en rejette la cause à quelque occasion vicieuse ou à quelque profit. Il est impossible d'imaginer que, parmi cet infini nombre d'actions de quoi il juge, il n'y en ait eu quelqu'une produite par la voie de la raison. Nulle corruption peut avoir saisi les hommes si universellement que quelqu'un n'échappe de la contagion ; cela me fait craindre qu'il y ait un peu du vice de son goût ; et peut être advenu qu'il ait estimé d'autrui selon soi.

En mon Philippe de Commines il y a ceci : Vous y trouverez le langage doux et agréable, d'une naïve simplicité ; la narration pure, et en laquelle la bonne foi de l'auteur reluit évidemment, exempte de vanité parlant de soi, et d'affection et d'envie parlant d'autrui ; ses discours et enhortements accompagnés plus de bon zèle et de vérité que d'aucune exquise suffisance ; et tout partout de l'autorité et gravité, représentant son homme de bon lieu et élevé aux grandes affaires.

Sur les *Mémoires* de M. du Bellay : C'est toujours plaisir de voir les choses écrites par ceux qui ont essayé comme il les faut conduire ; mais il ne se peut nier qu'il ne se découvre évidemment,

en ces deux seigneurs-ci, un grand déchet de la
franchise et liberté d'écrire qui reluit ès anciens
de leur sorte, comme au Sire de Joinville, domestique de Saint Louis, Eginard, Chancelier de
Charlemagne, et, de plus fraîche mémoire, en
Philippe de Commines. C'est ici plutôt un plai-
doyer pour le roi François contre l'empereur
Charles cinquième qu'une histoire. Je ne veux
pas croire qu'ils aient rien changé quant au gros
du fait ; mais, de contourner le jugement des
événements, souvent contre raison, à notre avan-
tage, et d'omettre tout ce qu'il y a de chatouilleux
en la vie de leur maître, ils en font métier ; témoin
les reculements de MM. de Montmorency et de
Brion, qui y sont oubliés ; voire le seul nom de
Mme d'Étampes ne s'y trouve point. On peut cou-
vrir les actions secrètes ; mais de taire ce que
tout le monde sait, et les choses qui ont tiré des
effets publics et de telle conséquence, c'est un
défaut inexcusable. Somme, pour avoir l'entière
connaissance du roi François et des choses adve-
nues de son temps, qu'on s'adresse ailleurs, si on
m'en croit ; ce qu'on peut faire ici de profit, c'est
par la déduction particulière des batailles et
exploits de guerre où ces gentilshommes se sont
trouvés ; quelques paroles et actions privées
d'aucuns princes de leur temps ; et les pratiques
et négociations conduites par le Seigneur de
Langeais, où il y a tout plein de choses dignes
d'être sues, et des discours non vulgaires.

DANIEL PENNAC

Comme un roman[*]

Peu d'objets éveillent, comme le livre, le sentiment d'absolue propriété. Tombés entre nos
mains, les livres deviennent nos esclaves — esclaves, oui, car de matière vivante, mais esclaves
que nul ne songerait à affranchir, car de feuilles
mortes. Comme tels, ils subissent les pires traite-
ments, fruits des plus folles amours ou d'affreuses fureurs. Et que je te corne les pages (oh !
quelle blessure, chaque fois, cette vision de la
page cornée ! « mais c'est pour savoir où j'en
suiiiiiiiis ! ») et que je te pose ma tasse de café
sur la couverture, ces auréoles, ces reliefs de tar-
tines, ces taches d'huile solaire... et que je te laisse
un peu partout l'empreinte de mon pouce, celui
qui bourre ma pipe pendant que je lis... et cette
Pléiade séchant piteusement sur le radiateur après
être tombée dans ton bain (« *ton* bain, ma chérie,
mais *mon* Swift ! »)... et ces marges griffonnées
de commentaires heureusement illisibles, ces pa-
ragraphes nimbés de marqueurs *fluorescents*... ce

* Extrait de *Comme un roman* (Folio n° 2724).

bouquin définitivement infirme pour être resté
une semaine entière ouvert sur la tranche, cet
autre prétendument protégé par une immonde
couverture de plastique transparent à reflets pé-
troléens... ce lit disparaissant sous une banquise
de livres éparpillés comme des oiseaux morts...
cette pile de Folio abandonnés à la moisissure du
grenier... ces malheureux livres d'enfance que
plus personne ne lit, exilés dans une maison de
campagne où plus personne ne va... et tous ces
autres sur les quais, bradés aux revendeurs d'esclaves...

Tout, nous faisons tout subir aux livres. Mais
c'est la façon dont *les autres* les malmènent qui
seule nous chagrine...

Il n'y a pas si longtemps, j'ai vu de mes yeux vu
une lectrice jeter un énorme roman par la fenêtre d'une voiture roulant à vive allure : c'était
de l'avoir payé si cher, sur la foi de critiques si
compétents, et d'en être tellement déçue. Le
grand-père du romancier Tonino Benacquista,
lui, est allé jusqu'à *fumer* Platon ! Prisonnier de
guerre quelque part en Albanie, un reste de tabac
au fond de sa poche, un exemplaire du *Cratyle*
(va savoir ce qu'il fichait là ?), une allumette...
et crac ! une nouvelle façon de dialoguer avec
Socrate... par signaux de fumée.

Autre effet de la même guerre, plus tragique
encore : Alberto Moravia et Elsa Morante, con-
traints de se réfugier pendant plusieurs mois
dans une cabane de berger, n'avaient pu sauver
que deux livres *La Bible* et *Les Frères Karamazov*.
D'où un affreux dilemme : lequel de ces deux

monuments utiliser comme papier hygiénique ? Si cruel qu'il soit, un choix est un choix. La mort dans l'âme, ils choisirent.

Non, quelque sacré que soit le discours tressé autour des livres, il n'est pas né celui qui empêchera Pepe Carvalho, le personnage préféré de l'Espagnol Manuel Vasquez Montalban, d'allumer chaque soir un bon feu avec les pages de ses lectures favorites.

C'est le prix de l'amour, la rançon de l'intimité.

Dès qu'un livre finit entre nos mains, il est *à nous*, exactement comme disent les enfants : « C'est *mon* livre »... partie intégrante de moi-même. C'est sans doute la raison pour laquelle nous rendons si difficilement les livres qu'on nous prête. Pas exactement du vol... (non, non, nous ne sommes pas des voleurs, non...) disons, un glissement de propriété, ou mieux, un transfert de substance : ce qui était à l'autre sous son œil devient mien tandis que mon œil le mange ; et, ma foi, si j'ai aimé ce que j'ai lu, j'éprouve quelque difficulté à le « rendre ».

Je ne parle là que de la façon dont nous, les particuliers, traitons les livres. Mais les professionnels ne font pas mieux. Et que je te massicote le papier au ras des mots pour que ma collection de poche soit plus rentable (texte sans marge aux lettres rabougries par l'étouffement), et que te je gonfle comme une baudruche ce tout petit roman pour donner à croire au lecteur qu'il en aura pour son argent (texte noyé, aux phrases ahuries par tant de blancheur), et que je te colle des « jaquettes » m'as-tu-vu dont les couleurs et les titres énormes gueulent jusqu'à des cent cinquante mètres : « m'as-tu lu ? m'as-tu lu ? » Et que je te fabrique des exemplaires « club » en papier spongieux et couverture cartonneuse affublée d'illustrations débilitantes, et que je te prétends fabriquer des éditions « de luxe » sous prétexte que j'enlumine un faux cuir d'une orgie de dorures...

Produit d'une société hyperconsommatrice, le livre est presque aussi choyé qu'un poulet gavé aux hormones et beaucoup moins qu'un missile nucléaire. Le poulet aux hormones à la croissance instantanée n'est d'ailleurs pas une comparaison gratuite si on l'applique à ces millions de bouquins « de circonstance » qui se trouvent écrits en une semaine sous prétexte que, cette semaine-là, la reine a cassé sa pipe ou le président perdu sa place.

Vu sous cet angle, le livre, donc, n'est ni plus ni moins qu'un objet de consommation, et tout aussi éphémère qu'un autre : immédiatement passé au pilon s'il ne « marche pas », il meurt le plus souvent sans avoir été lu.

Quant à la façon dont l'Université elle-même traite les livres, il serait bon de demander à leurs auteurs ce qu'ils en pensent. Voilà ce qu'en écrivit Flannery O'Connor, le jour où elle apprit qu'on faisait plancher des étudiants sur son œuvre :

« *Si les professeurs ont aujourd'hui pour principe d'attaquer une œuvre comme s'il s'agissait d'un problème de recherche pour lequel toute réponse* *fait l'affaire, à condition de n'être pas évidente, j'ai peur que les étudiants ne découvrent jamais le plaisir de lire un roman*[*]*... »*

---

[*] Flannery O'Connor, *L'Habitude d'être* (Éditions Gallimard). Traduit par Gabrielle Rolin.

*J'ai commencé ma vie
comme je la finirai sans doute :
au milieu des livres*
(JEAN-PAUL SARTRE)

*En lisant,
je m'enfouissais sous le texte,
comme une taupe*
(LOUIS CALAFERTE)

Peu d'objets éveillent,
comme le livre,
le sentiment d'absolue propriété
(DANIEL PENNAC)

MARCEL PROUST *Journées de lecture*
Extrait de *Pastiches et mélanges* (L'Imaginaire n° 285)

JEAN-JACQUES ROUSSEAU *Les Confessions*
Livre premier, 1712-1728 (Folio n° 2999)

NATHALIE SARRAUTE *Enfance*
(Folio n° 1684)
© Éditions Gallimard, 1983

JEAN-PAUL SARTRE *Les mots*
(Folio n° 607)
© Éditions Gallimard, 1964

BERNHARD SCHLINK *Le liseur*
Traduit de l'allemand par Bernard Lortholary (Folio n° 3158)
© Diogenes Verlag AG Zürich, 1995
© Éditions Gallimard, 1996, pour la traduction française

STENDHAL *Le Rouge et le Noir*
(Folio n° 3380)

ÉMILE ZOLA *Le Rêve*
(Folio n° 1746)

Composition Nord Compo
Impression Novoprint
à Barcelone, le 13 avril 2004
Dépôt légal : avril 2004

ISBN 2-07-031451-0./Imprimé en Espagne.

128648